로크미디어가
유혹하는
재미있는 세상

ROK
MEDIA
로크미디어

이것이 법이다

# 이것이 법이다 52

2018년 11월 27일 초판 1쇄 인쇄
2018년 11월 30일 초판 1쇄 발행

**지은이** 자카예프
**발행인** 이종주

**기획 팀** 이기헌 왕소현 박경무 이승제
**책임 편집** 최전경

**발행처** (주)로크미디어
**출판등록** 2003년 3월 24일
**주소** 서울시 마포구 성암로 330 DMC첨단산업센터 3층 318호, 319호
Tel (02)3273-5135 **Fax** (02)3273-5134
**홈페이지** rokmedia.com **E-mail** rokmedia@empas.com

ⓒ 자카예프, 2015

값 8,000원

ISBN 979-11-294-0835-8 (52권)
ISBN 979-11-255-9575-5 04810 (세트)

이것이 법이다

52

자카예프 장편소설

로크미디어

# CONTENTS

너의 직업은? 가족     7

가족 같은? 가× 같네!     41

미래가 확정되면 미래는 없다     77

모두의 적     107

나도 모르는 내 연애 이야기     153

스폰은 미국 영웅만 있는 게 아니다     187

취재하러 나왔습니다     221

억울하면 말하세요     255

묻지 마는 뭘 묻지 마     287

너의 직업은? 가족

"줄 서세요!"

"선착순인 거 아시죠!"

방송국 앞에 쭈욱 서 있는 줄. 그리고 그 줄에 같이 서 있는 노형진.

그런데 그가 서 있는 줄은 다른 줄에 비해서 길이가 압도적으로 짧았다.

노형진 옆에 있던 남자가 한숨을 쉬었다.

"형님, 우리 애들 너무 밀리는 거 아닙니까?"

"야, 데뷔한 지 이제 세 달이다. 여기서 뭘 바라?"

"그래도요. 같이 데뷔한 트랙스는 벌써 줄이 선착순 숫자를 넘겼잖아요."

부러운 눈빛으로 옆을 돌아보는 남자.

"강우야, 남자 그룹이랑 여자 그룹이랑 같냐? 그리고 트랙스는 JIC 소속 아냐. 소속사의 체급이 달라."

강우라고 불린 남자는 노형진과 함께 덕질을 하는 친한 후배였다.

그리고 그들이 덕질을 하는 그룹은 '슈가걸즈'라는, 이제 막 데뷔한 무명의 걸 그룹이고.

"막말로 남자 그룹이 두 달 안에 저 정도 못 모으면 망한 거야."

"쩝."

팬덤이 쉽게 뭉치는 보이 그룹과 달리 걸 그룹은 그다지 팬덤이 많지 않다.

그렇다 보니 성공한 후에 다양하게 활동하거나 행사를 뛰는 등 기타 범용성에서는 여자 그룹이 좋지만, 성공 확률 자체는 보이 그룹이 높은 건 어쩔 수가 없었다.

"우리 애들은 언제 저래 보나."

"언젠가는 저렇게 되겠지."

아무리 유명해지고 싶다고 해도 그게 마음대로 되는 게 아니다.

일단 시기도 잘 맞아야 되고 지원도 잘되어야 한다.

결정적으로 이 모든 것을 다 결정하는 것은, 다름 아닌 운이다.

그리고 그 운이 이번에는 슈가걸즈의 편이었던 것 같다.

"노 변호사님, 여기서 뭐 하세요?"

"응?"

누군가 자신을 부르는 소리에 고개를 돌려 보니 박상규 상무가 노형진을 물끄러미 바라보고 있었다.

"으헛!"

노형진은 그를 보고 당황했다.

아니, 이 시간에 그가 왜 여기에 있단 말인가?

"긴가민가했는데 맞네요. 양복이 아니라 평상복 입은 모습은 처음 뵈서 아닌 줄 알았는데요, 하하하."

그가 웃으면서 다가오자 그 옆에서 이야기하던 남자가 묘한 표정을 지으면서 함께 다가왔다.

"하하하…… 상무님, 여기는 어쩐 일로?"

"쓸 만한 마스크 좀 찾으러 왔지요."

"아니, 그걸 왜 여기서 찾아요?"

"아, 소속사를 옮기게 하려고 하는 게 아니라, 이번에 중국에서 큰 건이 왔는데 공정하게 하는 게 맞다 싶어서요."

"큰 건?"

"한동자동차에서 자체 드라마 제작 건이 들어왔어요. 그런데 한동이면 규모가 어마어마하지 않습니까?"

"아아."

한동이면 중국의 자동차 회사다.

한국에서는 그다지 신경 쓰지 않고 외국에서도 무시받는 중국산 자동차지만, 중국 내부에서는 부동의 1위를 달리는 기업이다.

그러니 절대로 무시할 만한 기업은 아니다.

중국 내부 시장만 해도 어지간한 해외시장보다 더 크니까.

"그래서 맞는 마스크를 좀 찾아보려고요. 그쪽이 좀 요구가 까다로워서."

"협회에는 마땅한 애들 없어요? 한동이면 싫다고 하는 애들은 없을 텐데."

"그게, 중국어 능통자가 없어서요."

"아아아."

엔터테인먼트조합의 약점이 이거다.

대부분이 영세해서, 따로 오랫동안 중국어를 가르칠 여력이 안 된다는 것이다.

물론 그걸 해결하기 위해서 내부에 강의를 개설하기는 했지만 몇 달 만에 해결될 리 없다.

"하나도 없다고요? 설마."

"물론 그래도 좀 규모 있는 곳은 한류를 생각해서 가르쳐 둔 여자 아이돌이 있기는 했는데, 자기네들이 추구하는 이미지랑 안 맞다고 한동에서 깠어요. 그래서 여자 주인공은 어쩔 수 없이 외부에서 구해 보려고요."

"남자는요?"

"식스틴에 화교 출신 애 한 명 있잖아요. 그 애로 결정되었어요."

"아아아."

노형진은 박상규 상무와 말하면서도 뒤를 힐끔 돌아보았다.

주변의 시선이 모조리 자신에게 쏠렸다는 걸 느꼈기 때문이다.

"흠흠, 그러면 전 이만."

왠지 느낌이 싸늘한 노형진은 슬쩍 모른 척하려고 했으나, 가는 날이 장날이라고 사건이 꼬이고야 말았다.

"상무님!"

"아, 준호 PD! 인사해요. 안 그래도 한번 날 잡아서 인사시킬까 했는데."

"에? 누구신지?"

"이쪽은 노형진 변호사님. 우리 대룡엔터테인먼트의 최대 주주예요. 이쪽은 이준호 PD. 예능국 PD입니다."

"헉! 안녕하십니까! 이준호 PD입니다!"

그는 갑자기 깜짝 놀라면서 고개를 팍 숙였다.

노형진은 갑작스러운 그의 행동에 어리둥절했다.

"아, 네네. 근데 그렇게까지 안 하셔도 되는데."

"그래도 제가 어찌……."

"아니, 전 그냥……."

이제는 이게 무슨 일이냐는 눈빛으로 바뀌는 사람들.

방송국 PD가 가진 힘이 얼마나 강한가?

그중에서도 예능국이면 진짜 목이 뻣뻣한 정도가 아니라 깁스를 했다고 해도 될 만큼 뻣뻣한 사람들이다. 그런 그가 고개를 숙이고 들어오다니.

"승인을 받기 위해 보고서를 올려야겠지만, 이준호 PD를 우리 쪽에 스카우트하려고요."

"아아."

대룡은 요즘 이러한 스카우트의 핵심이었다.

늘어나는 일거리에 비해 사람이 없어 스카우트를 해야 하는데, 돈을 상당히 벌고 있어 연봉 또한 매우 높다 보니 사람들이 들어오고 싶어서 줄을 서는 것이다.

"그런데 여기는 어쩐 일로?"

"에, 그냥……."

시선을 돌리는 노형진.

차마 '덕질 하러 공개방송에 왔습니다.'라고 말하기는 어색했던 것이다.

하지만 박상규 상무가 누구던가? 눈치 빠르기로 소문이 난 사람이 아니던가.

"아, 요즘 덕질 한다는 그룹이 이쪽 애들인가 봐요?"

"네? 아니, 그게……."

"송 대표님께 들었습니다, 취미가 덕질이라고요."

노형진은 입을 쩍 벌렸다.

'아니, 남의 은밀한 취미가 어디까지 광고가 된 거야?'

물론 그의 나이를 생각하면 전혀 이상하지 않은 일이기는 하지만, 그래도 왠지 노형진은 머쓱했다.

"하기는 하는데……."

"에에, 너무하시네. 대룡에 애들이 얼마나 많은데 다른 애들을 덕질 합니까?"

"하하하, 그건 형평성의 문제가……."

"이거 섭섭합니다."

"하하하……."

노형진은 웃고 있었지만 웃는 게 아니었다.

"그래도 뭐, 노 변호사님이 덕질 하는 그룹이니 잘하겠지요. 이준호 PD, 잘 부탁합니다."

"아, 네네."

이준호 PD는 고개를 숙였고, 노형진은 속으로 한숨을 쉬었다.

'조용한 덕질은 망했네.'

⚖

덕들 사이에서 전설로 남은 사건은 이게 끝이 아니었다.

이준호 PD가 슈가걸즈를 진짜로 다음 예능에 출연시켜 준 것이다.

처음에는 단발성 파일럿 프로그램이었는데, 반응이 무척이나 좋아서 자연스럽게 정규 편성으로 넘어갔다.

그리고 그걸 바탕으로 슈가걸즈는 화려하게 데뷔하여 신인상까지 받았고, 자연스럽게 성공한 그룹 중 하나가 되어갔다.

팬들이 가장 행복할 때가 언제인가? 그건 당연히 자신들이 추앙하는 가수들이 성공했을 때다.

"5주 1위! 축하합니다!"

오늘은 팬 미팅 자리다.

5주 연속 1위 기념 팬 미팅.

그것도 백 명 한정으로 진성 팬들만 모인 팬 미팅!

"안녕하세요! 슈가걸즈입니다."

"오와!"

열광하는 팬들.

노형진은 그 안에서 왠지 씩 웃을 수밖에 없었다.

"역시 레전설."

"뭔 개소리야?"

"아니, 무명 걸 그룹을 인사 한 방에 띄운 분이잖아요."

"말하지 마라. 쪽팔린다."

노형진은 그때 일이 생각나는지 고개를 스윽 돌렸다.

조용히 덕질 하려고 했는데 사방에 공개된 건 둘째 치고 연예계에서 파다하게 소문이 나는 바람에 흑역사가 되어 버린 것이다.

물론 혜택을 입은 슈가걸즈는 땡잡았지만.

"그나저나 형님은 왜 대룡에도 걸 그룹이 많은데 엉뚱한
데 관심을 가지는 거예요?"

"묻지 마라."

"에이, 궁금하잖아요."

"그냥 내 취향이야."

노형진은 정강우를 흘겨보면서 말했다.

"하하하."

정강우는 그런 노형진의 눈빛에 그저 웃고 말았다.

"그나저나 진짜로 따로 안 만날 거예요?"

"응? 그건 또 어떻게 알았어?"

"제가 마당발 아닙니까? 매니저가 감사의 의미에서라도
한번 자리를 마련해 본다고 했다면서요?"

우연이라고 하지만 노형진이라는 이름은 연예계에서 무서
운 파괴력을 자랑한다.

그가 덕질, 아니 사랑하는 그룹이라는 소문이 나기 무섭게
슈가걸즈의 방송 출연량이 확 뛰고 그 잡기 힘들다는 예능
고정을 잡는 것만 봐도, 노형진이 드러내지 않았을 뿐 어마
어마한 힘을 증명하는 것이었다.

"그래서 싫다고 한 거야. 애들 앞길 막을 일 있냐?"

"아니, 왜요?"

"뭐, 그때 일이야⋯⋯."

노형진은 머리를 벅벅 긁었다.

가수를 좋아하는 팬이, 자신을 위해서 자리를 마련해 준다는데 싫다고 할 사람이 누가 있겠는가?

하지만 그에 따른 위험은 너무나 컸다.

"그때는 그냥 에피소드이고 사람들의 입장에서는 진짜 하늘이 저 애들을 도와줬구나 할 수 있는 일이잖아? 그런 경우야 종종 있고."

"그렇지요."

어떤 걸 그룹은 앨범 활동도 끝나고 휴식기에 들어갔는데 어떤 팬이 올린 동영상 하나로 갑자기 빵 터져서 소위 말하는 역주행을 해 1위까지 하기도 했다.

무려 두 달도 전에 끝난 앨범이 갑자기 터졌으니 하늘이 도와준 셈이었다.

"내가 슈가걸즈 덕질 한 건 하늘이 도와준 거라고 할 수도 있어. 거기서 그 사람들을 만난 것도 말이지, 우연의 우연이야. 하지만 내가 따로 만나면 그때부터는 우연이 아니야. 스폰이지."

"아하!"

"아무리 좀 나아졌다고 해도 팬들, 스폰에 대해서 예민한 거 알지?"

"알죠."

노형진의 말에 정강우는 고개를 끄덕거렸다.

많이 줄었다고 하지만 그래도 여전히 스폰 하는 곳이 있다는 소문은 돌고 있었다.

그리고 노형진 정도 되면, 따로 만나면 그런 이야기가 안 나올 수가 없다.

"애들 인생 망치기 싫으면 거리를 둬야 해."

"역시 덕질계의 표본입니다."

정강우는 노형진에게 엄지를 척 내밀었다.

노형진은 피식 웃으면서 그의 옆구리를 쿡 찔렀다.

"공연이나 봐."

"헤헤."

그들은 다시 시선을 돌려서 무대를 바라보았다.

무대에서는 슈가걸즈의 감사의 인사가 진행되고 있었다.

"그동안 저희 슈가걸즈를 아껴 주시고 사랑해 주신 많은 분들에게 감사드려요. 그리고 여기 계신 분들은 저희가 데뷔하고 나서 팬클럽에 들어오시고 지금까지 활동해 주신 초창기 멤버분들이라 더 눈물나게 감사하답니다."

"여러분들의 사랑이 아니었으면 저희는 여기까지 오지 못했을 거예요."

네 명의 멤버들이 인사할 때마다 사람들은 열광했다.

하긴 여기 초대 조건이 데뷔 이후 아직까지 열성적으로 활동하는 선착순 백 명의 팬들이었으니 진성 중의 진성이었다.

"어?"

노형진은 그런 그녀들을 흐뭇한 아빠 미소로 바라보고 있었다.

그런데 정강우의 표정이 왠지 묘했다.

"왜 그래?"

"아니, 지연이 표정이 이상하지 않아요?"

"응? 이상하다니?"

노형진은 지연이라는 멤버의 얼굴을 이리저리 살폈다.

하지만 딱히 이상해 보이는 것은 없었다.

"이상한 거 없어 보이는데?"

"아니에요. 확실히 이상하다니까. 꼭 똥 씹은 것 같은 표정이잖아요."

"어딜 봐서?"

"아, 진짜, 형! 나 못 믿어요? 내가 지연이 표정 감별사라니까요."

"표정 감별사 같은 소리 하고 자빠졌네."

"아니, 맞다니까요. 형, 나 정강우예요, 정강우."

"알아."

노형진은 그런 그에게 핀잔을 주면서 다시 시선을 돌렸다.

그다지 이상할 게 없는 표정이다. 그런데 똥 씹은 표정이라니.

"네가 잘못 본 거겠지."

노형진은 무심결에 말했다.

하지만 정강우는 여전히 걱정스러운 표정으로 지연을 바라보고 있었다.

⚖

–형! 형!

일하고 있는데 걸려 온 한 통의 전화.

그걸 받아 든 노형진은 고개를 갸웃했다.

"네가 이 시간에 어쩐 일이냐?"

–대박! 대애박!

"웬 대박? 로또라도 된 거야?"

–그게 아니라, 내가 전에 지연이 표정이 이상하다고 했잖아요!

"그랬지."

–나 오늘 매니저 형한테 이유 들었어요.

"이유?"

–내가 한 인맥 하잖아요.

"그건 인정."

정강우는 현재 슈가걸즈의 팬클럽 네버랜드의 부회장이다.

공부하는 놈이 어떻게 시간이 저리 남나 싶지만, 어떤 면에서는 회장보다 더 열성적으로 활동하고 있었기 때문에 매니저와 호형호제하고 지내고 있다는 것은 알고 있었다.

그런데 들었다니?

─이거 새어 나가면 안 되는 건데 형한테만 말해 줄게요.

"그러면 아예 말을 하지 말아야지, 이 녀석아."

─아오, 나도 답답해서 그래요. 오죽하면 매니저 형이 나한테 다 하소연을 하겠냐고요.

"그래, 뭔데?"

노형진은 피식 웃었다.

사실 큰 문제가 있을 거라고는 애초에 생각도 하지 않았다. 한창 잘나갈 때고, 진짜 폭발적으로 인기가 늘어날 때니까.

'기껏해야 힘들어서 쉬고 싶다겠지.'

생각해 보면 그럴 시기이기는 하다.

5주간 1위 했다는 것은 그 전에도 활동을 했다는 건데, 자신이 아는 한 슈가걸즈는 거의 네 달간 한 번도 쉬지 않고 활동해 왔다. 그러니 피곤할 만하다.

그런데 그 이유는 전혀 다른 일 때문이었다.

─지연이 가족들 때문에 지연이가 죽고 싶어 한대요.

"응? 가족?"

가족이라는 말에 노형진은 어리둥절해졌다.

가족이라니? 왜 가족 때문에 죽고 싶어 한단 말인가?

이제 성공해서 열심히 활동하고 있는데.

─그쪽에서 무리한 요구를 하는 모양인데요.

"무리한 요구라니?"

―거기까지는 잘 모르겠어요. 하지만 뻔하지 않아요?

노형진은 눈을 찌푸렸다.

나이가 많은 팬들은 세상을 모르지 않는다.

세상에 빛이 있다면 어둠도 있듯이, 정상이 있다면 비정상도 있기 마련이니까.

"가족들이 정상이 아닌가 보구먼."

―형이 어떻게 도와줄 수 없겠어요?

"내가?"

―변호사라면서요.

"야, 변호사도 소송할 때나 도움이 되는 거지."

하지만 가족이 끼게 되면 소송으로 해결하기가 애매해진다.

―그런가? 그런데 지연이 얼굴이 거의 새파랗게 질려 가는 게, 영 안 좋은데.

"흠……."

―지난주에는 음현 펑크 냈어요.

"뭐? 음현? 전부 다?"

―아니, 지연이만요.

'음악현장'은 케이블에서 운영하는 음악 프로그램이다.

물론 규모가 작다고 하지만 절대로 가수가 마음대로 펑크를 낼 수 있는 만만한 곳이 아니다. 한번 펑크를 내면 다른 곳에서도 점점 출연시키지 않기 때문이다.

그렇게 되면 그다음 앨범부터는 홍보에 상당한 영향을 주기 때문에, 절대로 이런 식으로 펑크를 내지는 않는다.

더군다나 사고가 생겨서 빠진 거라면 한 명이 아니라 전부 다 빠지기 마련이다.

그런데 한 명만 펑크를 냈다고?

─생각보다 일이 큰 모양인데…….

"쩝."

노형진은 약간 고민했다.

자신이 팬이라고 하지만 섣불리 나서야 하나 하는 생각도 있기 때문이다.

그러나 고민은 짧았다.

자신이 관심을 가진다는 이유로 꺼린다면 그건 역차별이 되기 때문이다.

"좋아, 한번 이야기해 보자. 네가 매니저한테 이야기해서 약속 좀 잡아 봐."

─얼래? 형은 모르세요?

"알겠냐?"

구설수에 오를까 봐 번호도 받지 않아서 매니저 연락처도 모른다.

그렇다고 소속사에 전화해서 물어보자니, 그것도 그쪽에 부담이 될 수 있다.

노형진쯤 되는 사람이 전화하는 것 자체가 그쪽에서는 압력이 되기 때문이다.

　-땡큐. 아이돌 덕 역사에 레전설 하나 또 터지겠네요.

　"너 이거 기자한테 흘리면 죽는다."

　노형진은 정강우를 으르면서도 머릿속으로는 이번 사태를 해결하기 위해서 이런저런 가설을 세우고 있었다.

⚖️

　"노형진입니다."

　"박만태입니다. 슈가걸즈의 매니저를 하고 있습니다."

　박만태의 얼굴은 완전히 다크서클로 오염되어 있다고 표현해도 될 만큼 힘들어 보였다.

　매니저 일이 힘들다고 하지만 이 정도까지는 아니다.

　더군다나 어찌 되었건 슈가걸즈는 성공한 그룹이고, 이런 경우 회사에서는 로드 매니저를 두 명 정도 두고 그들이 관리하게 한다.

　하지만 로드 매니저는 직급이 낮으니 여기에 나왔을 리는 없고……

　"메인이시죠?"

　"네."

　마른세수를 하면서 한숨을 푹 쉬는 박만태.

　"덕분에 은혜를 입었는데 이렇게 은혜는 못 갚고, 죄송스

럽네요."

"은혜랄 것까지는 없습니다. 그저 우연이었으니까요."

"그래도……."

"하늘이 도운 거라 생각하세요. 전 전면에 나서서 밀어주는 거 싫어합니다."

노형진이 딱 선을 그어 버리자 그는 더 이상 말하지 않았다.

"그런데 강우 말로는 일이 터진 모양이던데, 지연 양에게 무슨 일이 있었던 겁니까? 같이 안 나오신 모양인데."

"같이 나오고 싶어도 변호사가 끼었다고 하면 그쪽에서 거품을 물 테니까요."

"그쪽?"

"그쪽 가족들요. 그들이 무리한 요구를 해서요."

"어떤 건데요?"

"한두 개가 아닙니다. 아주 미쳐서 날뛰고 있어요."

"미쳐서 날뛴다?"

"정산 비율을 고쳐 달라는 것부터 스케줄을 바꿔 달라, 자리를 바꿔 달라, 배역 구해 달라……."

아니나 다를까, 노형진의 예상은 한 치를 엇나가지 않았다.

"정산이 벌써 가능한가요?"

"솔직히 투자한 게 별로 없으니까요."

걸 그룹을 만들 때 들어가는 돈은 어마어마하다.

그래서 대부분의 경우 정산은 상당한 시간이 지나서야 시작된다.

심지어 어떤 가수는 3집을 낼 때까지 정산받지 못하기도 했다. 1집이 워낙 대차게 망해서다.

"그런데 슈가걸즈는 대부분 중고 신인들이었거든요."

다섯 명의 멤버 중 세 명은 다른 걸 그룹에 있다가 그룹이 사라져서 다시 들어온 케이스고, 두 명은 다른 대형 소속사에서 방출된 연습생들이다.

모두 준비는 거의 되어 있었기 때문에 큰돈이 들어간 상황은 아니었다.

"그런데 가족들이 문제가 될 줄은 꿈에도 생각하지 못했습니다."

서지연은 현재 그룹 내부에서 메인 보컬을 하고 있다.

당연히 그녀가 빠지면 가창력이 문제가 될 수밖에 없으니 빼낼 수도 없다.

"자세한 이야기를 좀 들어 보죠."

"사실은……."

그녀가 성공하고 정산이 시작되자, 그녀의 가족들이 슬금슬금 연락을 해 왔다고 한다.

여기서 약간은 느낌이 싸늘했지만 어찌 되었건 소속된 가수의 가족들이다 보니 섣불리 대응하지 못했는데, 점점 무리한 요구를 하기 시작했다는 것.

"처음에는 단순한 불만 토로였지요. 그런데 진짜로 인기가 많아지면서 점점 요구가 터무니없어지더라구요."

"음."

현재 그룹과 소속사의 정산 비율은 기업이 6, 멤버들이 4였다.

박하다고 할지도 모르지만 들어가는 비용이나 위험부담, 그리고 전에 망한 전적이 있다는 점을 생각하면 그래도 나름 합리적인 배당이다.

더군다나 3년 후에 배당률을 재조정하는 조건도 있으니 나름 합리적인 조건인 것이다.

"그런데 그쪽에서 8:2를 요구하고 있어요."

"8:2요?"

"네."

"어이가 없군요."

8:2라고 하면 당연히 멤버들이 8이 될 텐데, 이건 완전히 톱스타급이다.

그것도 그냥 인기 좀 있는 수준이 아니라, 나가면 무조건 흥행 확정이거나 해외 판매 확정 등의 초대박 스타급이다.

그런데 이제 인기 맛 좀 보고 있는 그룹이 8:2?

"그것뿐이 아닙니다. 스케줄을 어디서 구해 온 건지 자기네들이 출연시키고 싶은 데가 있다고, 와서 다짜고짜 빼 가기도 하고……."

"허얼?"

"지난번의 펑크도 그래서 난 거예요."

다짜고짜 숙소에 있는 서지연을 불러내더니 연락이 끊어졌다는 것.

방송에 나가야 하는데 사라져서 난리가 났는데, 어찌어찌 연락을 해 보니 뜬금없이 강원도 정선에 있었다고 한다.

"정선요?"

"네."

그곳에서 누가 행사가 있었는데 그녀를 부탁했다는 것이다.

친척 행사인데 가오 좀 잡겠다고 그곳으로 끌고 간 것이다.

"씨발, 그때 얼마나 앞이 노래지던지. 그나마 다행인 게, 그게 무슨 공식 행사도 아니고 친척 환갑잔치였으니 망정이지……."

만일 대중 앞에서 서는 공식 행사였으면 슈가걸즈는 그냥 생매장될 뻔했다.

"부랴부랴 방송국에는 장염으로 인해서 응급실에 실려 갔다고 하고 다른 애들만 세웠지요. 지연이는 오자마자 팔자에도 없는 응급실행이었고."

약간의 시간 차이는 있었지만 아슬아슬하게 타이밍이 맞아서 방송국 쪽에는 응급실에 갔는데 어쩌겠느냐고 하면서 넘어갔지만, 하마터면 그룹이 통째로 날아갈 뻔한 사건이었다.

'아, 그때.'

내부적으로 연락하지 않으니 노형진은 그런 사건이 있었던 것은 몰랐다.

다만 뉴스에서 서지연이 스트레스성 장염으로 응급실에 갔다는 소문만 들었다.

'이거 돈 좀 깨졌겠구먼.'

진짜 장염이 아닌데 입원해야 했으니 당연히 의사에게 입 단속을 위해서 적지 않은 돈을 줘야 했을 것이다.

"그리고 요즘은 지연이 배역을 구해 달라고 난리예요, 난리!"

"배역이라. 연기 쪽으로 돌리고 싶은가 봅니다?"

"돌겠다니까요."

"연기 연습은 해 봤습니까?"

"해 본 적이 없죠."

전에 있던 회사도 그렇고 이곳도 그렇고, 영세한 곳이다. 그렇다 보니 아이돌에게 연기 연습을 동시에 시킬 정도의 재력은 없다.

그리고 설사 시킨다고 한들, 그 아이돌이 연기에 재능이 있는가 하는 것은 전혀 다른 문제다.

"거기에다, 다른 건 다 좋은데 그 인간들이 다른 멤버들 가족들까지 충동질하고 있어요."

"다른 멤버들 가족들을 충동질하고 있다고요?"

"네. 케어도 제대로 못 해 주는 곳에 있어 봤자 애들이 뭐가 되냐면서."

거기까지만 듣자 노형진은 대충 감이 왔다.

물론 진짜로 소속사가 마음에 안 들어서 그럴 수도 있다.

하지만 데뷔한 지 1년도 안 지났고, 우연이든 아니든 망한 전적까지 있는 서지연을 빵 터트린 소속사다.

그런데 감사는 못 할망정 싫다고 깽판 치고 난리 법석을 피운다?

"아무래도 뒤에 누가 있나 보군요."

그런 경우가 있다. 질 안 좋은 소속사가, 어떻게 해서든 분란을 일으켜서 성공한 그룹을 빼 오는 경우가.

물론 그 과정에서 그룹은 걸레짝이 되어 버린다.

'손해 보는 건 없지.'

뒤에서 조용히 조종하는 거니 티도 안 난다.

운이 좋아서 그들을 빼 오는 데 성공한다면 엄청난 돈을 버는 거고, 운이 나쁘다고 해도 소송전에 들어가서 그들의 이미지가 시궁창에 처박히면 강력한 라이벌이 사라지는 셈이다.

"누구 같습니까?"

그걸 박만태가 모를 리 없기 때문에 노형진은 조용히 물었다.

"모르겠습니다. 너무 많아서요."

"음."

"노 변호사님도 이쪽에 경험이 많으시잖아요. 이야기를 안 해서 그렇지, 이 바닥에 생양아치들이 얼마나 많습니까."

"알지요."

"이러다가 진짜 그룹이 날아가게 생겼습니다."

회사 입장에서는 다급할 수밖에 없는 게, 슈가걸즈가 처음
으로 성공한 그룹이기 때문이다.

만일 그녀들이 여기서 주저앉으면 회사 자체가 주저앉을
수밖에 없는 상황.

"지금까지는 어떻게 해서든 이야기가 새어 나가지 않도록
관리했지만, 이제는 그마저도 힘들어요."

하긴 누군가 충동질을 하게 되면 대상 중 하나는 넘어가기
마련이다.

다섯 명 중 두 명만 넘어가도 세 명이 나가려고 하는 건데
그룹이 존속할 수 있을 리 없다.

설사 나가지 않는다고 해도, 내부에서 멤버들 간에 불화가
생길 수밖에 없다.

그렇다고 소속사의 입장에서는 무조건 강하게 나갈 수도
없는 게, 어찌 되었건 멤버의 가족들이다.

이쪽에서 소송을 걸고 싸움을 걸면 소속사에 대한 멤버의
생각이 어떻게 변하겠는가?

"그리고 문제는 더 있어요. 지연이 지금 빚이 얼마인지 아
십니까?"

"빚이라니요?"

노형진은 고개를 갸웃했다.

그녀 나이대의 빚이라고 한다면 사실 아주 크지는 않을 것
이다. 그런데 얼마 전에 정산했다고 했으니 일정 부분은 갚

앉을 것이다.

그런데 그걸 왜 자신에게 묻는 걸까?

"빚이 5억입니다! 5억!"

"네? 5억요?"

"네! 돌겠어요."

"아니, 왜?"

"그 아버지라는 인간이 사업병에 걸렸어요."

"네?"

"정산받고 나서, 사업한답시고 지연이 데려가서 지연이 이름으로 대출받았답니다."

"이런 미친 새끼."

처음에는 아버지라는 인간이 사업을 해 보겠다고 가불을 요청했단다. 당연히 회사의 입장에서는 받아들일 수가 없었다.

정산해 준 지 채 2주도 안 지났는데 무려 5억을 가불해 달라는 부탁을 들어줄 사람이 어디 있단 말인가?

그랬더니 조용히 지연이를 불러내서 그녀의 이름으로 대출을 받았던 것.

"지연이는 완전히 멘붕 왔어요."

가족들이 자신을 뜯어먹기 시작하자 실망감과 배신감에, 서지연은 제대로 활동도 못 할 지경이 되었다.

하지만 그렇다고 연을 끊어 버리자니, 가족이라는 피로 만들어진 연은 너무나 끈끈했다.

"어떻게 해서든 빚을 갚아야 한다고 뭐든 자리만 구해 달라는데, 아나, 진짜."

"정산은 얼마나 해 주셨는데요?"

"1억입니다."

"그러니까 6억이라는 돈을 그대로 빼 갔다?"

"네."

노형진은 사태가 심각하다는 걸 알았다.

돈을 벌 수는 있다. 사실 이제 막 떴고 재능도 있으니, 돈은 벌 수도 있다.

그렇지만 가족들이 그걸로 과연 빚을 갚을까?

"버는 족족 뜯기겠군요."

"제 말이요."

빚이야 벌어서 갚으면 그만이다.

하지만 그 아버지가 무슨 사업을 할지 모르나, 성공할 가능성은 10% 이하다.

당장 시장조사 하고 몇 년씩 준비한 사업가도 망해 나가는데, 돈 생겼다고 무작정 사업하겠다고 덤비는 사람이 성공할 리 없다.

당연히 제대로 돈이 들어오지 않을 테고, 그걸 메꾸는 건 지연의 몫이 될 것이다.

서지연이 유명해질수록 대출 가능 금액은 늘어날 테니 그 가족들이 대출을 해 대서 빚이 늘어나는, 터무니없는 악순환

이 시작되는 것이다.

"전에 그 사람 꼴 날까 봐걱정입니다."

"그 사람? 아아아."

모 연예인이 딱 지금 같은 상황이었다.

결국 나중에는 그 어마어마한 빚을 갚기 위해서 원하지도 않는 벗는 영화를 찍어야 했고, 결혼하고는 연예계에 얼굴도 내비치지 않았다.

당연히 가족과는 완벽하게 연을 끊어 버렸다.

"차라리 일찍 끊으면 그만인데."

"아직은 그렇게 독해질 수 있는 나이가 아니죠."

"그러니까요."

박만태는 걱정스럽다는 듯 말했다.

그도 이 바닥에서 구를 만큼 굴렀다. 그래서 이런 가족들이 연예인에게 절대로 도움이 안 된다는 것을 알고 있다.

"연예인 가족의 직업은 가족이라는 말 들어 보셨습니까? 이런 거 절대로 도움 안 돼요."

"압니다."

연예인도 사람이다. 그러니 언젠가는 자립해야 한다.

하지만 연예인 가족들이 그 사람만 바라보고 그 사람 돈만 쓰는 데 맛이 들어 버리면, 절대로 자립시키거나 결혼시키려고 하지 않는다.

돈줄이 끊어지니까.

딸이 결혼한다고 하니 소송을 해서라도 막으려고 했던 부모도 있을 정도다.

"벌써 이 정도면, 더 성공하면 볼만하겠네요."

"그러니까요."

이제 1집을 막 성공했을 뿐이다. 그런데 벌써부터 이 지랄이면 절대로 좋은 꼴은 못 본다.

어찌어찌 계속 성공해 나간다고 해도, 정작 서지연은 고생만 하고 몰락하는 수순을 밟게 될 것이다.

"지연이가 마음이 강한 편은 아니죠?"

"네."

"하긴, 그랬다면 이 꼴이 될 리 없지요."

서지연도 나이가 어리기는 하지만 그래도 성인이다. 마음이 강했다면 이미 가족들에게 한 소리 했을 것이다.

"주변에서 소문이 아주 안 좋아요."

어머니라는 인간은 명품 백에 미쳐서 돌아다니고, 아버지라는 인간은 사업을 한다고 깔짝거리고 있으며, 동생이라는 놈은 대학에 다니기는 하는데 학교에 있는 시간보다 클럽에 있는 시간이 더 많다고 한다.

심지어 공연 중에, 술에 취해서 어디 클럽인데 여기서 사람들이 보고 싶어 하니 와 달라는 소리나 해 대고.

'이건 뭐, 총체적 난국이구먼.'

노형진은 대략적인 그림이 나왔다.

이렇게 콩가루 집안인데 그녀가 정상적인 연예인 생활을 할 수 있을 리 없다.

"솔직히 말해 보세요. 지연이는 연예인 생활에 관심 없었던 거 아닙니까?"

"그걸 어떻게……?"

박만태는 흠칫했다.

애초에 데리고 오기는 했지만 아주 열성적이지 않아서 초반에 고생 좀 했던 것이다.

지금이야 열성적이기는 하지만.

아니, 열성적이라기보다는 절박하게 된 거지만.

"제가 봐서는, 서지연 양이 도망치고 싶어서 이 길을 선택한 것 같아서요."

"정확하게 아시는군요. 아무도 그런 생각은 하지 않던데."

"이런 집안이 하하 호호 화목한 집안은 아닐 것 같아서요."

"맞습니다. 이 일이 터지고 나서 지연이가 저한테 말하더군요."

그녀가 이 길을 선택한 까닭은 집에서 벗어나고 싶어서였다는 것이다.

대부분의 경우 합숙하는 구조로 되어 있으니까.

처음에는 같은 반이었던 친구가 연습생으로 있으면서 합숙을 한다는 소리에 무작정 오디션을 봐 가면서 집에서 벗어나려고 했던 게 연예계에 발을 내디딘 이유였다.

"그래서 학력도 고졸이지요."

"음."

개나 소나 대학에 다닌다는 대한민국에서 그녀의 학력은 고졸이다.

공식적으로는 연예계 활동에 매진하기 위해서 대학을 안 간 거지만, 실상은 안 간 게 아니라 못 간 거다.

그런 콩가루 집에서 제대로 된 지원을 해 줄 리 없으니까.

마음이라도 독했다면 화라도 냈겠지만 그러지 못하니 그녀가 할 수 있는 것은 도망가는 것뿐.

'그나마 그것도 글렀지.'

그녀에게서 뜯어먹을 게 없을 때는 관심도 없었겠지만 이제 뜯어먹을 게 넘쳐 나니 끝까지 매달릴 게 뻔한데, 노형진이 들은 서지연의 성격이면 절대로 끊어 내지 못한다.

"솔직히 말하면 가장 현명한 방법은 그녀를 잘라 내는 겁니다."

"네? 노 변호사님은 저희 팬 아닌가요?"

노형진의 단호한 말에 박만태는 깜짝 놀랐다.

팬이 자기 가수를 쫓아내라고 하다니?

"전 여기에 팬이 아니라 변호사로서 자리하고 있는 겁니다. 팬심으로 공과 사를 구분해서 쫓아내면 안 된다고 하면 기업에도, 그룹에도 피해가 갑니다. 그리고 그녀가 버는 돈이 없어야 그들도 나가떨어질 테고요."

"하지만 이미 빚이 5억입니다."

"그게 문제군요."

여기서 나가면 그녀에게는 5억을 갚을 방법이 없다.

가족이 갚아 준다? 말도 안 되는 소리다.

"그렇다고 가족끼리 소송할 수 있는 것도 아니고."

노형진은 마른세수를 하면서 한숨을 푹 쉬었다.

'진짜 내가 이러려고 덕질 했나 자괴감 든다, 자괴감 들어.'

우연이 만들어 낸 폭풍이 일거리로 다가오자 노형진은 괜시리 하늘이 원망스러워졌다.

"일단은 저희가 방법을 찾아보지요. 혹시 서지연 가족 뒤에서 누가 수작질하는지 알아볼 수 있을까요?"

"알아보겠습니다만, 저희로서는……."

아직 영세한 그들이라 이런 걸 알아내기는 쉽지 않을 것이다.

"그러면 저희도 좀 알아보지요. 하지만 의뢰비가 비싸질 겁니다."

"몇억이라도 상관없습니다. 슈가걸즈가 무너지면 우리는 끝장이에요."

박만태는 정말 절박한 모양이었다.

'몇억이라…….'

고작 매니저인 그가 그 정도 금액을 움직일 수는 없을 테니, 아마도 대표가 전권을 준 모양이었다.

"알겠습니다. 저희가 좀 알아보지요."

"헤, 우리 집하고 비슷하면서도 다르네."

퇴원해서 다시 합류한 손채림의 소감이었다.

"진짜 부모 되는 시험을 치러서 출산 허가를 내줄 수도 없고."

노형진은 고개를 절레절레 흔들었다.

자세한 이야기를 파고들수록 이건 도무지 답이 없었다.

"아니, 6억이나 처넣어서 한다는 사업이 수석이라니. 이 새끼 미친 거 아냐?"

6억이나 되는 돈을 들이부어서 연 사업이 수석 전국 유통업이다.

물론 수석도 고가의 취미이고, 제대로 된 돌이라면 부르는 게 값이기는 하다.

그러나 그러기 위해서는 수석을 잘 아는 부자들과 친분이 있어야 하는데…….

"전에 하던 일이 포클레인 기사였다 이거지."

수석과는 전혀 관련이 없는 일이었고, 딱히 서지연의 아버지가 수석을 보는 안목이 있는 것도 아니고 수석의 유통망도 알 리 없어 보였다.

"내용도 문제인 것 같은데."

사업을 오픈하고 가장 먼저 한 일이, 부자들과 교류해야 한다면서 골프를 배우겠다고 나선 것.

물론 그건 틀린 말은 아니다. 수석은 아주 고가의 취미이니까.

그래서 일단 골프를 치면서 인맥을 만들겠다는 생각이 나쁜 건 아닌데, 문제는 실제로 골프를 배운 게 아니라 덥석 5천만 원짜리 골프장 회원권만 끊었다는 것이다.

"그 애 엄마는 어떻고. 도대체 핸드백이 왜 스무 개나 필요한 거야?"

지난 몇 달간 구입 기록을 추적해 봤더니 명품 핸드백 스무 개에 지갑이 다섯 개다. 그 외에 옷도 많고 신발도 많고.

"저 작은 빌라에 들어갈 공간이 있을 리 없는데."

"어디에 처박아 두고 있겠지."

그리고 남동생은 아주 개판이다.

술 마시고 벌써 폭행 사건만 세 번을 일으켰는데, 그 합의

금도 당연히 서지연이 냈다.

"총체적 난국이 아니라 콩가루 집안인데? 이거 어떻게 화해시켜 볼 거야?"

"화해? 내가 무슨 신이냐? 이건 잘라 내는 것도 벅차. 그리고 내가 말했지, 쓰레기는 재활용이 되어도 인간 쓰레기는 재활용이 불가능해."

아무리 봐도 이들은 답이 없다.

"그러면 고소해?"

"그게 문제인데."

박만태가 이미 소송하자고 해 봤지만 서지연이 극구 거부하고 있다는 것.

"마음이 그렇게 약해서는 안 될 거야."

"그러면 어떻게 해? 소송을 못 하면 돈을 찾을 수도 없잖아."

"돈이야 솔직히 지금 가지고 간 것만 먹고 떨어져도 내 입장에서는 아주 감사하다."

5억이 큰돈이기는 하지만 그걸 대가로 쓰레기들을 떨쳐낼 수 있다면 이제 성공한 서지연의 입장에서는 쓸 만한 돈이다.

하지만 그러지 못한다는 것이 문제.

"거기에다가, 고발한다고 해도 가족이라는 특성상 처벌은 없다고 봐야 해."

마음이 약해서 애초에 고발조차 하지 못할 테지만 말이다.

"그러면 어떻게 해?"

"일단은 더 이상 돈을 가지고 가지 못하게 해야지."

현재 최우선은 그것이다. 찾는 것은 나중이고.

"일단 그것부터 해결하자고."

노형진은 일단 하나씩 해결해 나가기로 했다.

⚖️

"집을 사라고요?"

서지연은 당혹스러운 표정이었다.

전혀 예상하지 못했던 말이이었기 때문이다.

"네."

"하지만 전 돈이 없어요. 빚만 5억인데."

집을 사고 싶어도 돈이 없는데 어떻게 산단 말인가?

대출을 받고 싶어도, 5억이면 그녀의 최대 한도까지 빌려
간 셈이다.

더 유명해지면 모르지만 현재로서는 추가적 대출은 불가
능하다.

"그래서 더 집을 사라고 하는 겁니다. 집을 사면 저들이
손을 대지 못하니까요."

"노 변호사님, 그런다고 포기할까요?"

집을 산다 해도 그 집을 달라고 하거나 그 집을 팔아서 돈

을 달라고 할 것이다.

"일단 중요한 건 가족들이 서지연 양의 추가적 수익에 손을 대지 못하게 하는 것입니다. 사실 집은 핑계예요. 하지만 돈을 확실하게 묶어 둘 수 있다면 저들이 아무리 달라고 해도 못 줍니다."

"못 준다?"

"네, 그게 중요하지요. 안 주는 게 아니라 못 준다. 못 주는 상황을 만들어 두는 거죠."

"어떻게요?"

"일단은 집을 사는 겁니다."

집을 산다. 거기에 필요한 돈은 소속사에서 빌리는 형태로 구한다.

그 돈은 당연히 갚아야 하는 것이니, 노형진은 소속사에서 그녀에게 줘야 하는 돈에 대해서 일종의 가압류를 걸 수 있다.

"아!"

압류된 그녀의 지급액에 대한 권한이 이쪽에 있으니 절대로 달라고 하지 못한다.

그 콩가루 가족들이 아무리 달라고 고래고래 소리를 질러도, 그 돈은 소속사의 돈이지 그녀의 돈이 아니니까.

"집 역시 마찬가지입니다. 그 집에다가 가압류를 걸어 두면 그 집을 팔아서 돈을 달라고 하지 못합니다."

가압류가 들어간 집은 집주인이라고 해도 마음대로 처분

하거나 할 수가 없기 때문이다.

"그렇게 하면 그때부터 버는 돈은 서지연 씨의 돈이지만 서지연 씨의 돈이 아니기도 한 거죠."

다만 채권이라는 형태로 묶어 둘 뿐이다.

"어차피 품위 유지비 정도는 회사에서 지급할 수 있을 테지요?"

"그렇지요."

지금은 돈을 쓰고 싶어도 쓸 수가 없는 상황이다. 하루에도 몇 개씩 공연과 행사가 있으니까.

"눈 가리고 아웅이기는 하지만, 확실히 효과가 있는 방법입니다."

채권에 대해서 가족들은 제3자다.

아무리 돈을 달라고 거품을 물어 봐야 노형진이 채권에 대해서 가압류를 풀어 주지 않으면 그들은 돈을 받아 갈 수가 없다.

"가장 좋은 방법은 서지연 씨가 안 주는 겁니다만."

그 말에 서지연은 곤혹스러운 듯 고개를 숙였다.

마음은 그러고 싶지만 차마 그럴 수 없다는 표정이었다.

'쯧쯧, 마음이 이렇게 약해서야.'

노형진은 혀를 끌끌 찼다.

물론 착한 건 좋다. 하지만 착한 것과 호구는 다르다.

남을 챙긴다는 건 같지만 누군가 뒤통수를 쳤을 때에도 가만히 있으면 그건 호구일 뿐이다.

"일단 이걸로 어머니는 막을 수 있을 겁니다. 당장 돈이 나올 구멍이 막혔으니까 명품백을 사거나 하지는 못하겠지요."

물론 이미 사 버린 것도 있지만 그 정도는 감당할 만하다.

사실 그 정도 던져 주고 떨궈 내면 싼값이기는 하다.

"문제는 아버지더군요."

"네, 아버지요?"

"저희가 좀 알아보니 아주 개판이더군요."

접대라는 이유로 룸살롱에 다니고 수석을 모은다고 사방에 여행 다니고 인맥 쌓는다고 골프장 회원권을 구입하는 등, 돈을 못 써서 미쳐 날뛰고 있었다.

"일단 사업 자금이 있기는 하지만 무서운 속도로 쓰고 있습니다. 지난 몇 주 사이에 1억을 쓰셨더군요."

박만태는 어이가 없는 표정이 되었다.

1억을 정산해 준 지 채 한 달도 되지 않았다. 그런데 그걸 다 썼다고?

"다행히 대출받은 5억은 그대로 남아 있습니다. 그걸 되찾아야 합니다."

"무슨 수로요? 주실 리가 없는데."

그걸 줄 위인이라면 애초에 대출을 받지도 않았을 것이다.

"사업을 하고 싶다면 사업을 하게 해 드려야지요."

노형진은 옆에 있던 손채림에게 눈짓했다.

그러자 손채림은 알았다는 듯 씩 웃으면서 가방에서 뭔가를 꺼내 들었다.

　　"어떤가요?"

　　"어떠냐니요? 돌 아닙니까?"

　　"네, 돌입니다. 시가 12억짜리 수석이지요."

　　"허어억!"

　　박만태의 눈이 격하게 떨렸다.

　　이 돌 하나가 12억이라니.

　　"아름답지 않습니까?"

　　"아, 음…… 예쁘기는 하군요."

　　수석의 가치는 그 안에 얼마나 자연이 표현되어 있느냐에 따라서 달라진다.

　　지금 이들 앞에 놓인 수석에는 묘하게 산맥과 하늘이 표현되어 있었다.

　　"이걸 설마 파시겠다는 건 아닐 테고……."

　　"팔 겁니다."

　　"네?"

　　고작 5억에 12억짜리를 판다니? 그게 무슨 말도 안 되는 소리란 말인가?

　　"사실 이거 가짜입니다."

　　"네? 가짜요? 수석에도 가짜가 있습니까?"

　　박만태는 어이가 없다는 표정이 되었다.

수석은 돌 아닌가? 그런데 가짜라니?

"구운 거죠."

"구운 거?"

"네."

가짜 수석을 만드는 방법을 간단하다.

형태가 아름다운 적당한 돌을 구해서 미세하게 파낸다. 그리고 그 위에 색이 있는 흙을 채워 넣고 잘 마무리한 다음에 구워 낸다.

그렇게 구워진 돌이 식으면 수압식 연마기로 표면을 반질반질하게 광을 낸다.

"그렇게 하면 일반인들은 전혀 모르지요."

"아아아, 신기하군요."

그는 돌을 들어서 이리저리 살폈다.

아무리 봐도 그냥 수석인데 가짜라니.

"오래된 기법입니다."

수석은 고가다. 그렇다 보니 아무래도 사기꾼이 꼬일 수밖에 없다.

"사기를 쳐서 찾아오시겠다 이거군요."

"네."

"하지만 이걸 가지고 간다고 해서 속아 줄까요?"

속아서 사 준다면 참 감사하겠지만, 그렇게 속아 줄 리 없었다.

"돈이 된다면 어떨까요?"

"네?"

노형진은 씩 미소를 지었다.

"수석 경매전?"

서지연의 아버지인 서왕국은 자신에게 날아온 초대장을 보고 어리둥절했다.

서울에서 열리는 12회 수석 경매전.

"이게 뭐지?"

그는 당장 그에 대해 검색했다.

그리고 얼마 지나지 않아 1년에 한 번씩 하는 수석 경매전 이라는 것을 알 수 있었다.

"이게 왜 나한테?"

그는 고개를 갸웃했다.

하지만 호기심도 생겼다. 어찌 되었건 그 사업을 시작했으 니 이제 슬슬 뭐든 해 봐야 하기 때문이다.

"한번 가 볼까?"

초대장을 받은 그는 그런 생각이 들었다.

바이어들에게는 숙소까지 제공한다고 하니 더더욱 그랬 다. 공짜라고 하면 양잿물도 마신다고 하지 않던가?

그는 가볍게 생각을 하고 경매전 참가 신청을 했다.

참가자들과 인맥을 쌓아야 뭐든 팔 수 있을 테니까.

⚖

"안녕하십니까. 지연수석을 운영하는 서왕국입니다."

"지연수석?"

"슈가걸즈의 지연이 제 딸입니다, 흐흐흐."

그가 사람 좋게 웃자 상대방은 안다는 듯 그의 손을 잡고 악수를 했다.

"아! 지연 양 아버지 되시는군요. 수석을 파시는 줄은 몰랐는데요."

"제가 그쪽 사업을 하고 있습니다."

"아이고, 환영합니다. 지연 양 아버지라면 언제든 환영이지요."

서지연의 아버지라는 것을 밝히자 주변에서의 반응도 좋았고, 몇몇은 친하게 지내자면서 명함을 건네기도 했다.

그걸 받으면서 서왕국은 왠지 뿌듯한 기분이 들었다.

'역시나 지연이를 팔아야 장사가 잘된다니까.'

다들 부럽다는 얼굴로 그를 바라보았다.

서왕국은 그들과 함께 인맥을 쌓으면서 경매가 시작되기를 기다렸다.

잠시 후 몇 개의 수석이 나왔다.

"이번 수석은 멧돼지의 모습을 그대로 닮은 형태의 수석으로, 그 안에 강의 모습과 그 뒤에 있는 언덕의 모습이 그려진 형태로……."

수석의 설명을 들으면서 서왕국은 그걸 물끄러미 바라보았다.

무척이나 아름다운 모양이기는 했다.

"아름답네요."

"그렇지요? 우리 수석을 판매하는 사람들은 저런 아름다움 때문에 끊지 못한다니까요."

그렇게 탄성을 내지르는 사이 경매가 시작되었다.

그리고 시작되자마자 한 남자가 벌떡 일어나서 소리를 버럭 질렀다.

"1억!"

"허억!"

서왕국은 다짜고짜 소리를 지르는 그 남자의 모습에 기겁했다.

보자 마자 일단 1억부터 지르고 시작하다니.

"아, 저 새끼 또 저러네."

그리고 몇몇 사람들이 불편한 기색을 내비쳤다.

하지만 그가 부른 1억 이상의 돈을 이야기하는 사람은 없었다.

그런데 그런 그의 행동은 다른 것에서도 마찬가지였다.

몇몇이 짜증스럽게 그에게 대항해서 경매에 참여하기도 했지만 그는 더 높은 가격을 불러서 수석들을 싹쓸이해 갔다.

"거 작작 좀 하지."

"더러우면 너희도 하든가."

히죽거리면서 빈정거리는 남자를 보면서 서왕국은 옆 사람에게 물었다.

"저 사람 누굽니까?"

"아, 저 녀석, 중국으로 수석을 수출하는 놈입니다."

"네? 수출요?"

"중국 쪽 수출량이 의외로 많거든요. 거기에다가 수석은 세금을 내지 않지 않습니까?"

서왕국의 눈이 번쩍 뜨였다.

"그게 무슨 말씀이신가요?"

"우리 수석인들이나 그 가치를 인정하지, 정부 입장에서는 그냥 돌이거든요."

그래서 해외에 수출할 때 관세가 붙지 않는다고 한다.

더군다나 급성장하는 중국에서 수석이 어마어마하게 팔리고 있어서 한국의 두 배 이상의 가격이 붙고 있다는 것.

"벌써 2년째 저 녀석이 경매에 나오는 돌을 다 쓸어 가고 있어요. 솔직히 한국 수석을 모조리 중국에 바치고 있으니 기분이 좋지는 않지요."

짜증스러운 시선으로 바라보는 사람들.

그러나 예의 그 남자는 희희낙락하며 돌을 모조리 쓸어 가고 있었다.

"에잉, 저 새끼 때문에 다 망했네."

다들 짜증스럽게 중얼거리면서도 그 남자의 돌 쇼핑은 막지 못하는 분위기였다.

⚖

"어?"

며칠 뒤, 그는 다시 초대장을 받고 어리둥절했다.

"뭐지? 재경매를 한다고?"

재경매를 한다는 것은 사고가 터졌다는 건데, 그런 이야기는 듣지 못했기 때문이다.

"아니야. 내가 다 알지는 못하니까."

그는 수석 사업을 하기는 하지만 잘 알지는 못한다. 그러니 뭔가 아는 사람이 있어야 했다.

그 와중에 그는 그곳에서 만난 사람들이 생각났다.

자신에게 재경매 초대장이 왔다는 것은 그들에게도 갔다는 뜻이기 때문이다.

그는 서랍을 뒤져 명함을 꺼내서 전화를 걸었다.

─누구십니까?

"저, 지연이 아비 되는 사람입니다."

―아, 지연수석 사장님.

"네. 사실은……."

그는 초대장에 대해서 묻자 상대방은 뭐가 좋은지 허허 웃으면서 사정을 설명해 줬다.

―소식이 좀 늦으시군요.

"소식요?"

―네. 그 인간, 부도 맞았습니다.

"부도요?"

―네. 그 녀석이 수석도 하지만 다른 사업도 하거든요.

그런데 그 사업이 잘못되면서 부도를 맞았다는 것이다.

그래서 수석의 가격을 치르지 못해서 결국 재경매를 한다는 것.

―그날 보셨다시피, 대부분의 수석을 그 녀석이 다 쓸어가지 않았습니까?

"그랬지요."

―그런데 부도가 나서 모조리 그대로 있으니 방법이 없지요. 원래는 1년에 한 번이지만 이걸 내년까지 두고 볼 수는 없는 노릇이고. 그래서 이번만 재경매를 한다고 합니다.

서왕국의 눈에서 불이 확 켜졌다.

그 당시에 수십억이 왔다 갔다 했다. 그러니 그걸 잡아서 중국으로 팔 수만 있다면…….

'중국에서는 최소 두 배라고 했지?'

그 말이 계속 귀에서 맴돌았다.

―그런데 이번에는 어떻게 될지 모르겠네요.

"네?"

―한번 그런 일이 있어서 이번에는 현금만 받는다고 하더군요. 또 부도가 날 수가 있으니까.

"아아."

―뭐, 그 녀석이 빠지는 바람에 몇몇이 그 자리 좀 노려 볼까 하는 눈치던데, 저랑 다른 사람들은 더 이상 중국으로 가는 걸 막자는 분위기예요. 그러니 저도 몇 개 좀 구입해 봐야겠습니다. 중국인 브로커가 당황해서 여기저기 찌르고 다니더군요.

"그런 일이 있었습니까?"

―네. 서왕국 씨도 설마 중국으로 보낼 건 아니죠?

날카로운 질문.

서왕국은 애써 침착한 척 목소리를 낮췄다.

"그럴 리가요. 한국에 있는 아름다운 수석을 왜 중국으로 보냅니까!"

―그러니까요. 조심하세요. 브로커들이 여기저기 연락하고 다닌답니다. 저한테도 왔어요. 서왕국 씨야 처음 온 거라 그쪽에서 모르는 모양이지만, 현장에서 접근할지도 모르니 애초에 상대하지 마세요.

이것이 법이다

"당연히 그래야지요. 어떻게 한국의 자연을 중국에 넘깁
니까?"

서왕국은 그렇게 말하면서도 눈에서는 빛을 뿜어내고 있
었다.

⚖️

얼마 후 다시 열린 경매장.

그곳으로 가는 서왕국에게, 한 남자가 어눌한 한국말을 하
며 다가왔다.

"선생님."

"네?"

"혹시 수석 경매에 참가하십니까?"

"그렇소만."

서왕국은 주변을 살피면서 말했다.

그런데 눈치가 이상했다.

한번 왔기 때문에 다른 참석자들의 얼굴을 대략이나마 알
고 있었는데, 그들은 그 남자를 보자 얼굴을 찌푸리면서 눈
도 안 마주치고 안으로 들어가고 있었기 때문이다.

"혹시 수석을 판매하실 생각 없는지요?"

"수석 판매?"

그는 그제야 이 남자가 바로 전에 들은 중국인 브로커라는

사실을 알았다.

'아, 그 사람과 같이 일하던 그 중국인 브로커가 이 사람이군.'

수석 경매전은 오로지 한국인 대상으로만 열린다. 그러니 브로커는 들어갈 수가 없다.

그래서 전에 그 사람이 대신 사서 중국으로 넘긴 건데, 그가 부도로 도망자 신세가 되었으니 다른 사람들을 구하려고 나선 것이리라.

'하지만 그때 다들 안 좋아했지?'

한국의 수석이 다른 나라로 넘어간다는 이유로, 다들 이 사람을 싫어한다는 이야기를 들은 적이 있었다.

'하지만 내 알 바 아니지.'

그는 눈을 빛내면서 브로커에게 물었다.

"있습니다만, 얼마나 쳐줄 겁니까?"

"50% 더 드리겠습니다."

"어허, 나도 귀가 있어요. 전에 있던 사람은 두 배 줬다는 거 모를 줄 알아요?"

브로커는 약간 곤란한 표정을 했다.

"그걸 어떻게……?"

"소문이 파다합니다."

"끄응…….."

"내가 더 바라지도 않으니 두 배 합시다."

"그렇지요. 어차피 저희도 지금 다급하니."

서왕국의 얼굴이 어느 때보다 환해졌다.

⚖️

그날 경매에 나온 물품을 모조리 싹쓸이할 수는 없었다.

그곳에 나온 수석의 가격은 수십억인 데에 반해 서왕국이 쓸 수 있는 돈은 몇억 안 되기 때문이다.

그는 있는 돈 없는 돈을 모조리 긁어서 수석을 사들였다. 그중에는 집을 담보로 잡고 빌린 돈도 있었다.

"여보, 그 말이 사실이에요?"

"그렇다니까! 내가 어디 허투루 말하는 거 봤어?"

현장에서 현금을 주고 가지고 온 수석들이다.

그는 자신의 집을 담보로 잡고 아내의 명품을 모조리 중고로 팔아서 돈을 만들었는데, 그게 무려 11억이었다.

"지연이 그년이 돈을 좀 더 주었으면 좋았을 텐데."

"멍청한 년이라니까요! 두 배나 올려 주는데."

"그러니까 세상 물정도 모르는 멍청한 년 같으니라고."

자신의 동의도 없이 집을 사는 바람에 모조리 가압류가 걸려 버려서 돈을 받아 낼 수가 없었던 서왕국은 딸을 욕하면서 수석을 바라보았다. 그리고 브로커에게 전화를 걸었다.

따리리리.

이제 이것만 팔면 무려 22억의 돈이 주머니에 들어오게 된다는 생각에 그는 미소를 지었다.

그러나 그 미소는 오래가지 않았다.

－지금 거신 번호는 없는 번호이오니 다시 한 번 확인하고 걸어 주시기 바랍니다.

"어?"

분명히 상대방이 사 주기로 했다. 어제만 해도 통화했고 현금으로 준다고 했다.

그런데 없는 번호라니?

"여보, 왜 그래요?"

"자…… 잠깐. 그럴 리가…….."

서왕국은 몇 번이나 다시 전화를 걸었다.

하지만 아무리 걸어도 들려오는 목소리는 없는 번호라는 말뿐이었다.

"여보, 왜 그래요? 오늘 만나기로 했다면서요?"

"자, 잠깐만……! 그럴 리가……!"

그는 다급하게 다른 핸드폰으로 전화했지만 걸릴 리 없었다.

"이럴 리 없는데."

그는 허둥지둥 다른 사람들에게 도움을 청하려고 했다.

그날 그곳에서 본 사람들이라면 정보를 가지고 있을 거라 생각해서였다.

그러나.

－지금 거신 번호는 없는 번호이오니 다시 한 번 확인하고

걸어 주시기 바랍니다.

연달아 들리는 기계적인 목소리에 그의 마음은 무너져 갔다.

고개를 팍 숙이고 집으로 들어가는 서지연의 가족들을 보면서 박만태는 신나게 웃었다.

아마도 그 소리가 들렸다면 서지연의 가족들은 게거품을 물었을 것이다.

"결국 다 찾아왔군요."

"이자까지 톡톡하게 쳐서 찾아왔지요."

애초에 수석 경매는 노형진의 함정이었다.

물론 그런 경매전이 없는 건 아니다. 실제로 수석 경매가 있고 지금까지 12회 열린 것도 맞다.

다만 노형진은 그 이름만 슬쩍 빌려서 서왕국을 속인 것뿐이었다.

"그런데 왜 두 번씩이나 한 거야? 인건비도 많이 들게."

손채림은 그게 이해가 가지 않았다.

애초부터 그에게 판매했다면 그는 분명히 그곳에서 샀을 테니까.

"뭐, 확실하게 하기 위해서지."

"확실하게?"

"그래. 그는 이제 막 수석 사업을 시작했잖아. 자신의 안목에 확신이 들 때가 아니지."

"아아."

그러니 하게 되더라도 작게 한두 개 정도, 서지연이 준 5억 안에서 하려고 할 것이다.

"하지만 한번 파토를 내면, 이미 다른 사람들이 검증해 준 거거든."

거기에다가 수석이 수출되는 것은 사실이고 비관세 품목인 것도 사실이다. 그리고 현금으로 거래하면 세금도 물지 않는다.

"그러니 기회가 왔다고 했을 때 다급하게 잡으려고 했겠지. 사업병에 걸려서 시작하는 사람들이 많이 하는 실수야. 다급해서 제대로 확인 안 해 보는 거. 시간이 촉박하거든."

실제로 그가 혼자서 산 거라면 의심을 했을 것이다.

하지만 재경매를 할 때 많은 사람들이 너도나도 경매에 참가에서 호가를 올렸었다.

사실 그들의 입장에서는 어차피 돈 줄 것도 아닌데 불러 봐야 상관없지 않은가?

적당히 눈치를 봐서 나가떨어져 주면 서왕국은 좋다고 입찰받아 올 것이다.

그게 무려 11억.

"이자 포함 11억이라……."

그 돈은 다시 서지연에게 돌아갈 것이다.

만일 그들이 바르게 산다면 다시 돌려주겠지만, 솔직히 노형진이 보기에는 그럴 가능성은 없었다.

"하하하, 노 변호사님은 진짜 저희 회사의 행운의 여신입니다! 행운의 여신!"

"남자입니다만?"

"그럼 남신이라고 하지요, 하하하."

사기를 당해서 집이 사라졌으니 그들은 길바닥에 나앉을 수밖에 없었다.

그런데 때마침 서지연이 사 둔 집이 있다. 거기에다 그 집은 전에 살던 집보다 좋다.

"하지만 그 집은 소속사가 담보를 잡고 있지, 후후후. 완전 머리가 좋다니까."

딸이니까 그 집에 가서 살겠다고 하면 서지연은 어쩔 수 없이 들여보내 줄 것이다.

하지만 만일 그 집을 가압류한 소속사에서 진짜 압류로 돌려 버리면 그들은 진짜로 길바닥에 나가야 한다.

서지연에게는 더 이상 돈이 나올 구멍이 없으니까.

"이제 저들은 자기들이 일해서 먹고살아야 할 겁니다."

서지연의 돈은 압류 형태로 차곡차곡 비밀 계좌에 쌓일 테고, 가압류된 집에 사는 그들은 소속사를 상대로 갑질이나 무리한 요구를 할 수 없게 될 것이다.

더군다나 매일 술 처먹고 문제를 일으키던 남동생은 소속사에서 입주를 조건으로 입대를 요구했기 때문에 머리 박박 깎고 군대에 갈 준비하고 있는 상황.

"아주 속이 시원합니다!"

집에 찾아갔을 때 언성을 높이던 놈들이 이제는 자신의 눈치를 힐끔힐끔 보자 박만태는 너무 좋아서 하늘이라도 날고 싶은 기분이었다.

"그나저나 어떤 놈인지 찾았습니까?"

"아."

박만태의 얼굴이 딱딱해졌다.

"네, 찾았습니다. 자기들이 불리하니까 말하더군요."

"누구던가요?"

"라손이었습니다."

"라손이라고 하면……."

익히 알고 있는 곳이다.

얼마 전에 곡의 저작권 문제로 대판 한번 싸웠던 곳이다. 성화와 일을 했던 곳으로, 상당히 부도덕한 놈들이었다.

"그놈들, 전에도 이런 식으로 애들을 밟아 버린 적이 있습니다. 소문은 들었지요."

부모의 입장에서는 이런 작은 소속사보다는 라손같이 큰 소속사에 속하기를 원하니 당연히 그들에게 깜빡 속는다.

하지만 대부분의 경우 계약 문제로 소송전을 하면서 그룹이 박살 나는 것으로 끝난다.

라손은 아무것도 안 하고 그냥 라이벌을 없애게 되는 것이다.

"5주 연속 1위 할 때 라손의 보이 그룹이랑 두 번 그리고 걸 그룹이랑 한 번 정도 붙었습니다. 그게 문제가 된 듯하더군요."

"음."

1위를 할 수 있는 기회를 무려 세 번이나 놓쳐 버렸으니 라손이 안 좋게 볼 건 당연한 일이었다.

"그놈들이 이런 짓을 많이 했나요?"

"다 소문이지요."

"소문이라."

"확실한 증거는 없었으니까요."

소송전에 들어가면 그 그룹은 끝장이라고 봐야 한다.

한번 그런 사고를 친 애들을 받아 주고 싶어 하는 기업은 없으니까.

"라손의 경우도 증거는 없습니다. 그랬다라는 썰만 있지요."

"그럴 겁니다. 바보가 아닌 이상에야 증거를 남기겠습니까?"

뒤에서 충동질해서 해체하게 되면 나중에 말이 나올 게 뻔한데 그걸 서류로 증거를 남기지는 않을 것이다.

"말이야 뭐, 갖다 붙이면 그만이니까."

이런 증거를 남겼다가 소송전에서 드러나면 손해를 본다

는 식으로 하면 서류는 남기지 않을 수 있다.

그리고 소송전이 끝날 때쯤이면 그룹은 완전히 걸레짝이 되어 있을 것이다. 그때 가서 왜 안 받아 주냐고 따져 봐야, 증거도 없다.

"그렇다고 다른 곳에서 받아 줄 것도 아니고 말이지요."

박만태는 안타깝게 말했다.

"그 상황에서는 부모가 돌아 버리지요."

물론 몇몇은 기자들에게 찾아가기도 했다고 한다.

하지만 라손은 그 정도는 무마할 정도의 힘을 가진 기업이고, 기자들은 이미 걸레짝이 되어 버려서 가치를 다한 가수들에게 관심도 없다.

만일 그걸 터트리면 도리어 라손에 속한 톱클래스 연예인들의 취재는 물 건너가는 거니 그냥 모른 척해 버리는 것이다.

"치사한 놈들이네."

손채림은 혀를 끌끌 찼다.

그렇게 생양아치처럼 기업을 운영할 줄은 몰랐던 것이다.

"이 바닥이 원래 좀 그런 편입니다. 라손의 경우는 특히 더 독한 것뿐이죠."

박만태는 어깨를 으쓱했다.

그런 식으로 뒤에서 흔드는 놈들이 라손만 있는 건 아니니까.

"라손도 다른 그룹 같았으면 아마 이렇게까지 건드리지는 않았을 겁니다."

"그럼 왜요?"

"5주 연속 1위 했으니까요."

말이 5주지, 단순하게 계산해 보면 한 달이 넘는 기간이다.

그 기간 동안 1위를 한다는 것은 어마어마한 상품성을 띠지 않고서야 불가능하다.

"라손에는 걸 그룹이나 보이 그룹이 많아. 원래 가수를 키우는 소속사니까. 반대로 말하면, 현재 상품성으로 보면 슈가걸즈가 있는 이상 자기들이 키운 걸 그룹이나 보이 그룹이 1등을 하지 못할 가능성이 아주 높다는 거지."

1등과 2등의 차이는 크다. 그리고 그 차이로 인해서 행사비와 광고비가 달라진다.

아마도 최종적으로 그 차이는 못해도 수억, 아니 수십억이 될 것이다.

거기에다가 활동 기간이 겹치는 아이돌만 해도 최소한 세 곳은 될 테니.

"말 그대로 엄청나게 눈엣가시일 거야."

"흠."

"그리고 솔직히 내 문제도 있을 거야."

"네? 노 변호사님 문제라니요?"

"네가 문제라고?"

두 사람은 어리둥절했다.

노형진이 무슨 관계가 있다고 그런단 말인가?

담당 변호사라서?

아니, 애초에 현재 정식으로 재판하고 있는 게 아니니 담당이라고 할 수도 없다.

"내가 덕질 한 덕분에 슈가걸즈가 뜰 수 있었잖아."

"아, 그건 그렇지요. 그런데 그게 문제가 됩니까?"

"제가 그들과 좀 악연이 있습니다."

노형진이 씁쓸하게 말하자 사정을 알고 있는 손채림은 눈을 찌푸렸다.

"하긴. 그때 라손을 비롯한 기업들이 일이 완전히 틀어지기는 했지."

"어떤 일? 아, 혹시 그 인터넷 방송국 사건 말씀이신가요?"

"네."

엔터테인먼트조합 내부의 몇몇 기업들이 대룡의 뒤통수를 치고 나가서 라손을 비롯한 몇몇 기업들과 손잡고 다른 인터넷 방송국을 차리려고 했다. 대룡의 인터넷 방송국이 적지 않은 수익을 내는 걸 보았기 때문이다.

나가는 거야 조합의 특성상 마음대로 할 수 있으니 문제가 안 되는데, 그 와중에 뒤통수를 치려고 해서 노형진이 응징을 했다.

그 결과 나가려고 하던 작자들은 모조리 망해 버렸고, 라손을 비롯한 외부 기업들은 참여 기업 숫자와 자금력이 달려 방송국을 만들기 힘들어졌다.

물론 나가는 기업들이 돈이 많은 건 아니었지만, 숫자가 넉넉하면 외부 투자가 들어오기 마련인데 숫자가 부족하니 그마저도 어그러질 수밖에 없었던 것.

"그래서 결국 그들이 노리던 제2 인터넷 방송국은 실패했죠."

"그런 비화가 있었군요."

수백억의 시장에 진입할 수 있는 기회를 놓쳐 버렸으니 라손으로서는 배알이 꼬일 수밖에 없었을 것이다.

"거기에다 제가 팬이라는 이유 하나만으로 확 떠 버렸으니……."

차라리 상품성이 그저 그런 걸 그룹이었다면, 그래서 톱은 안 되고 한 20위권 정도에서만 활동했다면 그렇게 경계하지는 않았을 것이다.

그런데 그들은 훌륭하게 성장했고, 라손의 앞을 가로막아 버렸다.

"더군다나 그들의 입장에서는 이번 사태가 또 일어나지 말라는 법은 없거든요."

"네?"

"제가 팬이라는 이유로 확 올라갔습니다. 그게 문제인 거죠."

노형진의 파괴력이 증명되었으니 더 많은 사람들이 대룡 쪽으로 돌아설 거라는 뜻이었다.

"그런……."

박만태는 몰랐다는 눈치였다.

물론 이건 노형진의 잘못은 아니다. 우연이 만들어 낸 산물일 뿐.

"그러면 어떻게 하죠? 그냥 당할 수는 없지 않습니까?"

다른 사람 같으면 자신들의 힘을 이용해서 출연 금지라도 걸어 보겠는데, 대룡이 뒤에 있는 노형진을 건드리는 것은 아무리 라손이라고 해도 부담스러울 수밖에 없었을 것이다.

그래서 이런 치사한 방법까지 동원한 것이고.

"음."

노형진은 턱을 문질렀다.

'소송?'

증거도 없다.

설사 증거가 있다고 해도, 소송은 너무 오래 걸린다.

더군다나 깽판을 친 사람들은 멤버의 부모이지 라손이 아니다.

그러면 일단 멤버의 부모에게 소송을 걸고 거기에 따라서 나온 증거로 다시 라손에 소송을 걸어야 하는데.

'그렇게 만만하게 증거를 흘릴 리 없지.'

이런 소송은 못해도 5년에서 6년은 걸린다.

이중 소송에, 증거도 없고, 라손도 바보가 아니니 항소를 하면서 시간을 끌 건 당연한 일이다.

그리고 그 시간이면 소송을 걸었던 슈가걸즈는 완벽하게 묻혀 버리고도 남는다.

'배상 문제도 골치 아플 거야.'

회사에서 소송을 거는 당사자는 멤버의 부모이지 라손이
아니다.

그러면 배상액도 산정해야 하는데, 이제 막 데뷔한 상황에
서 날아가 버려서 톱의 위치라고 볼 수 없으니 상대적으로
배상액은 줄어들 수밖에 없다.

'기껏해야 몇천 정도?'

몇천 들여서 자신들의 가장 쟁쟁한 걸 그룹을 날려 버린다?

라손 입장에서는 엄청나게 남는 장사다.

1위 하는 그룹의 경우 한번 행사비가 수천만 원이니, 경쟁
상대가 없다면 하루면 버는 돈이다.

노형진은 잠깐 고민하다가 고개를 들어서 박만태를 바라
보았다.

"다른 부모들은 어떻습니까?"

"다른 부모들요?"

"네. 서지연 양의 부모가 들쑤시고 다녀서 다른 부모들도
눈치가 이상하다면서요?"

"아, 이제는 잠잠합니다."

멤버들에게 단단히 단속한 것도 있고, 서지연의 부모가 당
한 꼴을 본 것도 있다.

더군다나 박만태가 그동안 라손이 했던 짓을 잘 설명해서
더 이상 말은 나오지 않고 있었다.

'일단은 말이지.'

일단 그럼 고비는 넘긴 셈이다.

하지만 여전히 라손 문제는 남아 있다. 라손이 이번에 실패했다고 그냥 조용히 넘어갈 가능성은 높지 않으니까.

"이번 일로 끝날까요?"

노형진은 심각한 얼굴로 물었다.

그들이 이들을 건드린 이유는 간단하다.

노형진 때문에 배알이 꼴리는데 노형진을 건드릴 자신은 없는 것이다.

사실 팬이라고 해도 노형진이 끼어들 거라 생각하지 못했을 것이다. 이리저리 조사했을 테고, 노형진은 이런 일에 거리를 둔다는 것을 알았을 테니까.

"그러면 좋겠지만……."

박만태가 생각하기로 그가 아는 라손이라면 멈추지 않을 것이다.

"그냥 멈출 것 같지는 않은데?"

대답은 손채림이 했다.

지난번 사건 때 라손에 대해서 조사를 했고, 그들의 성향에 대해서 아는 것은 어려운 것이 아니었으니까.

"내가 아는 라손은 한번 노린 먹잇감은 놓치지 않는 스타일이야. 특히나 안 좋은 쪽으로는 집착이 심하지. 이번에 라손이 언론에서 정한 3대 메이저 연예 기획사 자리에까지 올라갈 수 있었던 건 그들이 정상적인 업무를 잘하기도 하지만 필요할 때 상대방을 잘 밟았기 때문이기도 해."

"밟는다?"

"그래."

성공하고 나서 라손에서 벗어나려고 한 사람은 많다. 하지만 그런 경우 대부분 끝이 안 좋았다.

소송은 기본이었고, 설사 소송까지 가지는 않는다고 해도 갑자기 출연이 줄어들거나 하는 것은 어쩔 수가 없는 현실이었다.

"그런 식으로 상대방에게 압박을 가하면서 그 자리를 지켜왔어."

"그래?"

"네. 유명한 이야기지요."

자신들의 손에서 벗어난 사람들에게 불이익을 준 건 하루 이틀 일이 아니다.

그걸 피하려면 3대 엔터테인먼트사 중 한 곳 정도의 체급이 아니면 안 될 정도였다.

"전형적인 옛날 스타일이라서……."

옛날 스타일.

김세무의 과거, 아니 라손의 과거는 조폭이 운영하던 곳에서부터 시작된다.

그러니 모든 것이 폭력과 보복을 기반으로 운영될 수밖에.

"흠."

노형진은 약간 고민했다.

여기서 자신이 빠지는 것이 평소의 행동이라고 볼 수 있다.

그러나 이 모든 일이 자신에게서부터 시작된 이상, 여기서 빠지면 덕질 한다는 것 자체가 또 다른 민폐를 끼치게 되는 셈이다.

'이 염병할. 그러고 보니 열 받네?'

자신이 영위하는 취미 생활조차 그런 작자들에게 허락 아닌 허락을 받아야 한다는 게 슬며시 화가 나기 시작하는 노형진.

"알겠습니다."

노형진은 마음을 굳혔다.

기본적으로 팬질로 상대방에게 영향을 끼치지 않기 위해 노력했지만, 이 경우에는 이미 영향을 줬다. 더군다나 그들이 불이익을 받는 이유 자체도 자신이다.

"이 문제는 제가 알아서 해결하도록 하지요."

"진짜인가요?"

박만태의 얼굴이 환해졌다.

안 그래도 체급 차이가 너무 커서 어떻게 싸워야 할지 답이 안 나왔다. 그런데 노형진이 도와준다고 하니, 속으로는 기뻐서 날뛰고 싶었다.

"그 녀석이 과거 방식으로 싸운다면."

노형진은 주먹을 꽉 쥐었다.

"전 저만의 방식으로 싸우겠습니다."

미래가 확정되면 미래는 없다

"저희랑 계약하고 싶다고요?"

"네."

손채림은 싱글거리면서 웃었다.

눈앞에 잘생긴 보이 그룹이 있는데 좋지 않을 리 없었다.

"하지만 저희는 계약이 아직 2년이나 남았는데요?"

"압니다. 그래서 이야기하러 온 거예요. 까짓 2년, 기다리고 말죠, 뭐."

"허."

당황하는 슈팅스타.

그들은 라손의 대표적인 그룹이고 또 1등 공신이다. 슈가걸즈와 두 번이나 붙었던 그룹도 이들이다.

그런데 다짜고짜 계약을 하자니?

"아니, 이런 게 가능한 겁니까?"

"가능하죠. 저희가 요구하는 건 계약을 깨고 나오라는 게 아니라 2년 후에 저희와 일하자는 거거든요."

"하지만……."

"그거 불법 아닙니다."

2년 후 계약이 종료된 후의 계약을 미리 해 두는 건 불법이 아니다.

라손은 계약을 깨서 가수들을 걸레짝으로 만들려고 하는 게 목적이지만 노형진은 라손을 쥐고 흔드는 게 목적이다. 그러니 시간 따위는 상관없다.

"저희 조건은……."

손채림이 조건을 이야기하려고 하는데 누군가 커피숍 문을 박차고 들어왔다.

"지금 뭐 하는 짓거리입니까!"

"응?"

얼굴이 붉으락푸르락해진 채로 달려온 남자.

그는 당장이라도 손채림의 멱살을 잡아 올리고 싶은 표정이었다.

사실 눈앞에 있는 사람이 여자가 아니라 남자였다면 벌써 그러고도 남았을 것이다.

"누구신지?"

"슈팅스타 담당 매니저입니다! 로드한테 연락받고 다급하게 온 겁니다! 지금 뭐 하는 짓거리예요!"

"보다시피 다음 계약에 대해서 진지한 대화를 하고 있습니다만?"

손채림은 싱글거리면서 웃었다.

지금의 상황이 너무 재미있었기 때문이다.

"당신들, 상도덕도 몰라!"

"상도덕요? 제가 이쪽 계열에서 일하는 게 아니라서요. 새론의 법률 팀에서 일하고 있습니다."

정중하게 명함을 건네는 손채림.

그러자 남자는 당황했다. 어디 다른 회사에서 온 사람인 줄 알았는데, 변호사라니?

"이거 불법 아니야? 불법!"

"불법은 아니지요. 아, 오해하셨구나. 저희는 당장 저희랑 일하자는 게 아니에요. 2년 뒤, 계약이 끝나고 난 후에 저희랑 일하자는 거지."

지금 계약을 파토 내고 오라고 하면 불법일 가능성이 높다. 그러나 그 계약이 끝난 후를 이야기하는 것은 불법이 아니다.

"저희는 현재 라손에서 내건 조건의 두 배를 맞춰 드릴 용의가 있답니다."

슈팅스타의 입이 쩍 벌어졌다.

지금의 두 배라니?

어정쩡한 상황인 그들에게는 어마어마한 혜택으로 보였다.

"두, 두 배요?"

"네, 무조건 두 배."

"무조건?"

"네. 설사 앨범들이 줄줄이 망해도, 무조건 제시된 조건의 두 배를 맞춰 드릴 겁니다."

"야, 이 미친……."

그 말을 들은 남자의 얼굴이 사색이 되었다.

지금 조건의 두 배면 말 그대로 톱스타 조건이다.

"방금 보셨다시피 저희는 대룡엔터테인먼트를 대신해서 법률적 계약을 하기 위해서 온 거랍니다. 그러니 믿음에 대해서는 걱정하지 않으셔도 됩니다. 걱정스럽다면 대룡 쪽에 전화해서 확인하셔도 되고요."

슈팅스타의 멤버들은 떨리는 눈으로 매니저를 바라보았다.

매니저의 입장에서는 환장할 노릇이었다.

"그걸 지금 말이라고 하는 거야?"

"말이라고 하는 거지요."

손채림은 빙글거리면서 웃었다.

매니저는 뭐라고 하소연할 수조차 없었다.

그녀가 관련 기업인이라면 뭐라고 욕이라도 해 볼 텐데, 그냥 계약 당사자로 나온 직원일 뿐이지 않은가?

그런 그녀가 두 배를 이야기할 정도면 저쪽에서는 작정하고 달려든다는 뜻이다.

"물론 오늘은 사전 미팅이니까 당장 여기서 계약하자는 건 아니에요. 하지만 좋게 생각해 주시면 감사하겠어요. 여기 계약서 사본이에요. 아, 뭐, 상도덕이 문제가 된다고 하니 당장 계약은 안 할게요. 하지만 계약 종료 3개월 내에만 연락 주시면 언제든 조건은 유지될 거예요."

씩 웃으면서 서류철을 건네는 손채림.

그걸 본 매니저는 당장 빼앗아서 찢어 버리고 싶었다.

하지만 당사자가 그 앞에 있으니 차마 그럴 수가 없었다.

더군다나 슈팅스타의 번쩍이는 눈을 보니, 그랬다가는 일이 완전히 틀어질 건 뻔한 일.

"아, 맞다!"

그 후 일어나서 나가려고 하던 손채림은 갑자기 뭔가 생각이 난 듯 몸을 돌렸다.

"매니저님이 오셨으니 같이 말씀드려야겠네."

"뭘요?"

"슈팅스타가 괜찮다고 하면 같이 오세요."

"같이 오라고?"

이건 전혀 예상치도 못한 이야기였다.

물론 친밀한 스타를 따라서 매니저가 소속사를 옮기는 경우는 종종 있지만, 다른 소속사에서 같이 스카우트하는 경우는 드물었기 때문이다.

"만일 오신다고 하면 조건은 같아요."

"조건이 같다니?"

"지금 조건의 두 배요."

슈팅스타의 눈에 있던 번들거림이 전염된 듯, 매니저의 눈
또한 빛나기 시작했다.

"그때 그 얼굴을 봤어야 했다니까!"

손채림은 아주 속이 시원하다는 듯 말했다.

"다들 눈이 뒤집히지?"

"응."

"그럴 거야. 두 배라는 조건이 절대 쉬운 게 아니거든."

그럴 수밖에 없는 게, 라손은 수익을 내서 운영을 해야 한
다. 물론 그건 대룡도 마찬가지다.

하지만 이익을 붙여야 하는 라손과 이익을 애초에 포기해
도 상관없는 대룡과는 어마어마한 갭이 있다.

"언론은 아주 난리가 났던데?"

"그렇겠지. 하지만 이건 뭐라고 하지도 못할 거야."

그들을 뒤에서 흔든 것도 아니고 그렇다고 압력을 행사한
것도 아니다.

이것이 법이다

합법적인 선 안에서, 그냥 다음 계약 조건을 미리 밝힌 것
뿐이다.

"그냥 뒤에서 흔들어 버리지, 저 녀석들처럼?"

"그랬으면 속은 시원했겠지. 하지만 정작 타격은 못 줘."

"응?"

"그렇게 해서 몇 개 그룹이나 빼 올 수 있을 것 같아? 물론
흔적은 남지 않을 테니 두어 개는 흔들 수 있을지 몰라도, 전
부 타격을 주지는 못해."

"그럼 계약 기간 종료 후에 계약하자는 건?"

"그건 불법도 아니고, 일반적인 사람들 상도덕 기준으로
는 그다지 잘못된 것도 아니거든."

"그렇지?"

"그렇지만 부모들의 귀에 들어가면 어떻게 될까?"

"아……."

뒤에서 흔드는 게 아니다. 아주 대대적으로 홍보하는 것이다.

그러니 부모들의 귀에 들어가지 않을 수가 없다.

"그러면 부모들의 선택은 뻔하겠네."

"맞아. 다들 대룡을 선택하려고 하겠지."

"하지만 당장 효과가 없잖아."

"없다고 생각해?"

노형진은 피식 웃었다.

정말 효과가 없다면 자신이 이렇게 적극적으로 나서지는

않았을 것이다.

"두고 보라고. 금방 문제가 생길걸. 아! 도착했다."

노형진은 차에서 내려 바깥으로 나왔다.

몇몇 기자들이 따라오는 듯한 느낌이 들었지만 그다지 신경 쓰지 않았다. 어차피 뉴스에 던지려고 하는 것이니까.

"자, 들어가자고."

안으로 들어가자 거기에는 중년의 남녀들이 가득 모여 있었다.

"반갑습니다. 노형진입니다. 현재 대룡엔터테인먼트의 법정대리인입니다."

고개를 꾸벅 숙이면서 인사하는 노형진.

모여 있는 사람들은 벅찬 기대를 품고 그의 인사를 받았다.

"여기 계신 분들은 다들 라손의 연습생들 부모님이시죠?"

"네."

"반갑습니다."

다시 한 번 인사하는 노형진.

이어 그들에게 일일이 명함을 주면서 미소를 보였다.

"저희 대룡에서는 여러분 자녀분들의 계약 문제로 모여 달라고 부탁드린 겁니다. 아무래도 여러 가지 문제가 있다고 들어서요. 여러분들도 아시겠지만 대룡은 엔터테인먼트조합에 속해 있고 연습실도 개별적으로 마련되어 있지요. 그리고 방송국도 따로 있고……."

노형진의 이야기가 계속될수록 사람들의 관심은 걷잡을 수 없이 커져만 갔다.

"애들 제대로 통제 안 해?"

김세무는 길길이 날뛰고 있었다. 요 근래 들어서 가수들이 삐딱선을 타고 있었기 때문이다.

사실 이유는 뻔하다.

대룡의 가수 사냥. 그 사건의 여파였다.

"아니, 대표가 지나가는데 인사도 안 하는 새끼들이 어디 있어!"

"몰랐다고……."

"몰라? 하! 몰라? 이 새끼들이랑 내가 눈이 마주쳤는데, 몰라?"

김세무는 너무 화가 나서 손이 부들부들 떨릴 지경이었다.

"사장님."

"도대체 애들 관리를 어떻게 한 거야!"

쩔쩔매는 직원. 누군가 그런 그의 어깨에 손을 올렸다.

"나가 봐."

"이사님."

"너 뭐야? 이제는 이사 주제에 내 말을 잘라?"

"사장님, 현실을 직시해야 합니다. 애꿎은 애들 잡을 게 아니구요."

"야, 이 새끼가 지금 그걸 말이라고……!"

"사장님!"

이사의 고함에 김세무는 얼굴을 마치 야차처럼 찡그릴 수밖에 없었다.

하지만 이사의 말은 틀린 게 아니다. 자신도 안다.

하지만 누구에게든 화를 내지 않고서는 버틸 수가 없었다.

"에이, 씨발!"

김세무가 소리를 지르면서 몸을 돌리자 이사는 슬쩍 눈짓을 했고, 직원은 황급하게 바깥으로 나갔다.

"후우, 후우……."

그사이 김세무는 애써 심호흡을 했다. 안 그러면 진짜 혈압으로 죽을 것 같았으니까.

"누구 남았어?"

"안 남았습니다. 우리 소속 연예인들은 다 두 배 준다고 했답니다."

"씨발."

노형진과 대룡은 라손에 속해 있는 모든 가수들에게 두 배의 조건을 내밀었다.

비록 계약은 하지 않았지만 그것만으로도 반응은 폭발적이었다.

"그렇다고 애들이 이렇게 변하나?"

"변하지 않으면 이상한 거죠. 두 배입니다. 거기에다 인터넷 방송 출연이 막혀 버린 우리 쪽과 달리 그쪽은 인터넷 방송 출연도 가능하니까요."

"큭, 이 매니저 놈들…… 제대로 관리해야지."

이사는 한숨을 쉬면서 옆에 있는 정수기로 다가갔다. 그리고 잔에 찬물을 채워서 미친 듯이 들이켰다.

"당장 매니저들이 관리가 안 될 겁니다."

"뭐? 왜? 내가 왜 그 새끼들한테 월급을 주는데!"

"주객이 바뀌었습니다."

"주객이 바뀌다니, 뭔 개소리야?"

"그 녀석들이 매니저에게도 스카우트 제의를 했습니다. 아시잖습니까?"

그랬다. 두 배의 조건으로 스카우트했다.

단, '가수가 함께 오기를 원한다면'이라는 조건이 붙었지만 말이다.

그런데 이 말이 무서운 게 뭐냐면, 가수가 싫다고 하면 그냥 팽당한다는 것이다.

"두 배입니다. 절대 우리가 주지 못하는 돈. 그러면 애들 입장에서는 어떻겠습니까? 가수 비위 맞춰 가면서 같이 가려고 하지 않겠습니까?"

바보가 아닌 이상에야 당연히 같이 가려고 할 것이다.

그런데 그 조건이 가수들의 동의, 아니 승인을 얻어야 하는 사항이니 그들은 가수들에게 찍소리도 못 하고 숨도 쉬지 못할 수밖에 없다.

"다 잘라 버려!"

"다 잘라도 바뀌는 건 없습니다. 어차피 그 새끼들도 가수가 동의해 주면 같이 가서 두 배씩 받을 텐데 무슨 의미가 있습니까? 아니, 더 불리해질 수도 있습니다."

그나마 지금 붙어 있는 매니저들은 연차라도 있는 애들이다.

그런데 다 자르고 새로 뽑으면 연차도 없으니 월급도 적고, 경험도 부족할 테니 관리는 더욱 개판이 될 건 뻔한 일.

당연히 그들은 더더욱 같이 옮기려고 할 것이다.

"경험 많은 놈들도 눈치 보느라고 찍소리 못 하고 있는데 경험도 없는 놈들이 그렇게 버틸 수 있을 거라 생각하십니까?"

"끄응."

김세무는 이를 박박 갈더니 구석에 있는 찬장을 열고 양주를 한 병 꺼내서 따르지도 않고 쭈욱 들이켰다.

"황 이사, 자네가 보기에는 어때, 지금 상황이?"

그나마 황 이사라고 불린 사내가 현실을 좀 알려 주자 그는 무작정 분노하기보다는 일단 현 상황을 해결하자는 마음이 들었다.

"솔직히 말하면 점점 더 안 좋아질 겁니다."

"어째서?"

"애들 마음이 콩밭에 가 있습니다. 뭔들 될 리가 있겠습니까?"

사실상 대룡으로 가기로 결심했으니 이쪽에 마음이 남아 있을 리 없다.

그리고 이미 마음이 떠난 회사에서 일하는 것만큼 곤욕스러운 것도 없다.

"물론 공연이야 하고 활동이야 하겠지만, 그 이상의 뭔가는 바라기 힘들 겁니다."

황 이사는 답답한 듯 말했다.

"당장 리선이가 다음 달에 나갑니다. 협상해 보려고 했는데, 아예 전화도 안 받습니다."

리선이부터 이제 막 데뷔한 애들까지, 스카우트 제의를 받지 않은 이가 없었다. 그러니 그런 애들은 마음이 다급할 수밖에 없다.

"이대로는 4년만 지나면 남아 있는 애들은 한 명도 없게 될 겁니다."

"씨발, 새로운 애들을 빨리 수급해야 하나."

황 이사는 한숨을 내쉬었다.

그래서 메꿔지면 얼마나 좋겠는가?

"대표님, 그 녀석들이 연습생에게도 접근했다고 말씀드렸잖습니까?"

"끄응."

"그러니 그래 봤자 우리가 더 빨리 망할 뿐입니다."

"그게 무슨 소리야?"

"그러니까……."

"버티려고 할수록 망한다고?"

"그래."

노형진은 빙글거리면서 스파게티를 포크로 말아서 호로록 삼켰다.

멀리까지 출장을 왔으니 맛집을 찾아서 먹어 보는 중이었다.

"아니, 어째서?"

"연예계의 생리적 형태 때문이야."

"생리적 형태?"

"쉽게 말해서, 초반에는 투자 비용이 들어가잖아."

"그렇지."

"우리는 그 부담이 없고."

"그렇지."

"그러니까 망하는 거야."

"좀 어려운데?"

"뭐, 간단하게 말하면 이런 거지."

노형진은 냅킨 하나를 꺼내서 거기에 그림을 그려 가면서 설명을 해 줬다.

"일단 데뷔를 하기 위해서는 어마어마한 돈이 들어가."

가수들이 1집에 성공하면 좋겠지만 그런 경우는 극히 드물다.

결국 다음을 노려야 하는데 보통 2집, 많아 봐야 3집 안에서 승부를 봐야 한다.

"그런데 그 와중에 시간은 흘러가거든."

"그렇지."

"운이 좋아서 터진다고 하면 그때부터 돈이 벌리는 거야."

한 번 공연에 수천만 원씩 받아 가면서 공연을 하루에 두세 개씩 하고, 수십 개의 광고를 붙여 한류라는 이름으로 해외로 내보낸다.

"그런데 그때가 보통 계약을 갱신할 시기거든."

"아하!"

기적처럼 1집부터 빵 터지지 않는 이상, 그동안 성공한 가수들을 보면 그렇게 돈을 마구 갈퀴로 긁어 올 때쯤 계약 기간이 만료되어 재계약을 한다.

지금까지는 자신을 띄워 준 것에 대한 감사와 또 의리 때문에 계약을 갱신하는 것이 보통이었다.

"하지만 우리는 무조건 두 배의 조건을 달았지."

"하지만 안 올 가능성도 있잖아. 의리니 뭐니 해서."

"갑자기 오라고 한다면 그럴 수도 있어. 그래서 내가 미리 이야기한 거야."

"응?"

"의리는 시간과 노력의 문제거든. 그 애들은 나이가 어려. 부모는 그들과 함께 움직이지 않으니 의리보다는 조건을 따지지. 그런 상황에서 두 배의 조건으로 무조건 받아 주는 곳이 생기면 어떤 생각을 할까?"

"어서 가고 싶다는 생각이 들겠지."

"자꾸 그런 생각을 하면 의리라는 게 생길 것 같아?"

"아하! 그래서 네가 계약이 끝나면 계약을 다시 하자고 한 거구나!"

"그래."

1년이든 3년이든 5년이든, 일단 계약이 끝난 후에 지금 조건의 두 배.

그건 그냥 돈을 많이 준다고 한 게 아니었다.

"그런 식으로 돈으로 빼 가려고 한 기업은 많아. 하지만 그럼에도 불구하고 움직이지 않는 사람들도 있지."

말 그대로 자신을 위해서 애써 온 사람들에 대한 의리. 회사와 사장에 대한 의리.

그게 있기 때문에 그들은 움직이지 않는 것이다.

"하지만 현재의 그들은 무조건 두 배라는 미래에 잡혀 있어."

마음이 이미 그 기업을 떠났다. 당연히 그들의 행동에 대해서 감사해야겠다는 생각보다는, '내가 그쪽에 갔다면 더 많이 벌 수 있는데.'라는 생각이 머릿속을 지배하게 될 것이다.

이것이 법이다

설령 가수가 그렇게 생각하지 않아도 가족들은 끊임없이 그 이야기를 할 것이다.

그러니 당연히 왠지 손해만 보는 듯한 생각이 들 것이다.

"그러면 절대로 의리 따위는 생기지 않아."

의리가 없다면 그들은 그곳에 남지 않을 테니, 결국 모두 대롱으로 올 것이다.

"그런데 그게 손해라는 게 무슨 말이야?"

"말했잖아, 돈을 버는 시기가 그때쯤부터라고."

그쯤부터 돈이 벌리니, 이쪽으로 온다고 하면 정작 라손은 자신들이 들이부은 투자비를 뽑아낼 수 있는 방법이 없어져 버린다.

죽어라 띄워 놨더니 이쪽에서 잽싸게 빼앗아 갔으니까.

물론 초반에 대박이 터져서 어떻게 벌 수도 있지만, 그렇다고 해도 그들을 오래 쥐고 있는 것보다는 수익률이 훨씬 낮아질 수밖에 없다.

"소속사에서는 톱스타 한 명도 중요하지만 중간을 버텨 줄 허리도 중요해. 그런데 과연 그들이 남으려고 하겠어?"

"하지만 망하면?"

노형진은 씩 웃었다.

"망해도 그만이야."

"응?"

"내가 그들이 내건 조건의 두 배라고 한 건 이유가 있어서야."

만일 가수가 망했다면 그들의 조건은 터무니없이 나빠진다. 그러니 두 배라고 해 봐야 그다지 부담이 가는 조건은 아니다.

물론 성공했다면 두 배를 준다고 해도 남는다.

"결국 라손은 애들을 키우면 통째로 우리한테 빼앗기는 일이 반복될 거야."

더 많은 가수를 키울수록 더 많이 돈이 들고 더 많이 손해를 보게 되는 구조가 되어 버리는 것이다.

"무섭네."

만일 그들이 성공하고 난 후에 다급하게 접근했다면 의리 때문에 옮기지 않으려고 할 가능성도 높다. 그러나 지금은 의리 자체가 만들어지지 않은 상황이니 그들을 잡기는 점점 더 어려워질 것이다.

"그리고 다른 문제도 곧 생길 거야."

"다른 문제?"

"네가 자기 가치에 비하여 충분한 대접을 받지 못한다고 하면 기분이 어떻겠어?"

"배알이 꼴리겠지."

"그런데 거기서 나가지도 못해. 그러면 어떻게 할래?"

"당연히 깽판을…… 아하!"

정은 정대로 떨어지기 시작할 테고 그들과 사사건건 부딪치게 될 것이다. 그러면 회사 내부가 시끄러워지지 않을 수가 없다.

그걸 통제하는 것이 바로 매니저인데, 매니저들은 같이 옮기기 위해서 가수들에게 꼬리를 칠 수밖에 없는 상황이다.

결국 브레이크가 없는 차량이 될 테고……

"아마 내부에서 안 좋은 일이 연이어 터질 거야."

"무서운 놈."

회사 내부에서는 사사건건 부딪칠 테고 통제는 물 건너갈 것이다.

갈 곳이라도 없다면 겁이라도 줘 보겠는데, 두 배를 준다고 하는 곳이 확정되어 있으니 그게 통할 리 없다.

"물론 그중에서는 반사회적행동을 하는 놈들도 있겠지."

그러면 계약하지 않으면 그만이다.

자신들은 진짜 계약을 한 게 아니라 구두계약을 했을 뿐이다.

그리고 그들에게 제공한 계약서 사본 내에는 분명히 반사회적행동이나 범죄를 저지른 경우 계약하지 않는다고 되어 있다.

그런 놈들은 거기를 떠날 수도 없으니 어쩔 수 없이 재계약을 할 것이다.

하지만 앙금이 사라진 게 아니니 계속 부딪칠 테고, 돈 되는 문제가 없는 가수들은 계속 이쪽으로 넘어올 테고.

"내부부터 썩어 문드러지겠구나."

노형진은 고개를 끄덕거렸다.

어느 틈엔가 스파게티를 다 먹어서 그릇은 텅텅 비어 있었다.

"와, 기업 하나를 돈 한 푼 안 쓰고 날려 버리네."

손채림이 놀란 건 바로 이것이었다.

노형진이 자신의 방식으로 한다고 하기에 돈으로 찍어 누를 줄 알았다.

그런데 자신들은 현재 돈을 단 한 푼도 쓰지 않았다. 그냥 계약의 의사만 밝혔을 뿐.

게다가 그 계약은 짧게는 1년, 길게는 5년 후에 이루어지는 것이니 지금 들어간 돈은 단 한 푼도 없다.

그럼에도 불구하고 라손은 휘청거릴 정도로 타격을 받았다.

"이제 곧 문제가 생길 거야."

그리고 노형진은 그때를 기다리고 있었다.

⚖️

사고는 얼마 지나지 않아서 터졌다.

"이런 씨발!"

슈팅스타 멤버의 음주운전.

통제를 안 따르고 막나가더니 해서는 안 될 짓을 저질렀다. 그나마 사고가 나기 전에 경찰에 잡혀서 망정이지.

"어쩔 수 없습니다. 자숙 기간을 가져야……."

"자숙? 자숙? 이 새끼들아! 장난해!"

슈팅스타의 계약 기간은 2년이 남았다. 그런데 자숙한다고 하면 아무리 못해도 1년은 해야 한다.

그러면 1년은 그냥 날리는 셈인데…….

'이런 개 같은.'

김세무의 입장에서는 그 녀석이 왠지 노린 것 같다는 생각을 안 할 수가 없었다.

그럴 수밖에 없는 게, 벌써 몇 번이나 계약 해지를 해 달라고 요구했기 때문이다.

하지만 미치지 않고서야 해 줄 수 있을 리 없다.

그런데 이런 일이 터졌으니 좋든 싫든 자숙 기간을 가져야 한다.

당연히 그사이에 돈 버는 건 종 친 셈이다.

"아오, 씨발. 돌아 버리겠네."

슈팅스타뿐만이 아니다.

그도 바보가 아닌지라 회사 내부 분위기가 안 좋다는 것쯤은 알고 있다.

몇몇은 자신들을 띄워 준 이곳에 남아 있겠다고 이야기했지만, 부모들이 찾아와 설득하고 있어서 흔들리는 것이 눈에 뻔하게 보였다.

"씨발, 씨발."

슈팅스타만이 아니라 다른 가수들도 공공연하게 불만을 드러내고 있는 이 상황에서 더 큰 문제는, 그걸 통제해야 하는 매니저들조차 그들과 한통속이 되어 있다는 것이다.

"이대로 가다가는 모조리 다 같이 망합니다."

황 이사는 걱정스럽게 말했다.

"앞으로 2년 안에 해결하지 못하면 우리는 껍데기만 남을 겁니다."

"뭐? 하지만 다른 애들이 있잖아!"

"이제 막 데뷔한 애들로 뭘 어쩌겠습니까? 더군다나 그놈들도 마음은 콩밭에 가 있는데."

소속사와 가수가 한마음 한뜻으로 열심히 뛰어도 될까 말까 한 게 이 바닥이다.

그런데 이미 마음이 콩밭에 가 있는 애들이 제대로 활동할 가능성은 거의 없다. 당연히 성공 가능성은 더욱더 낮아진다.

철모르는 애들은 벌써 '스타병'에 걸려서 내가 두 배 확정 어쩌고 하면서 스타 취급을 요구하고 있었다.

"싯팔, 개새끼들."

연예계에서는 사람 관리가 절반이라고 할 만큼 연예인들의 뒤를 관리하는 것이 중요한 일이다.

뭐 하나만 삐끗해도 바로 나락으로 떨어지는 게 이 바닥이기 때문이다.

그런데 다들 거품에 취해서 자기가 대단한 사람이라도 된 줄 알고 목에 힘주고 다니고 있다.

"외부에서 벌써 말이 나온답니다."

"무슨 말?"

"우리 애들 싸가지없다고."

"끄응."

김세무는 울고 싶어졌다.

아무리 스타가 뜬다고 해도 기본적으로 갑은 PD나 방송국 사람들이다.

물론 아주 대스타가 된다면야 그렇지 않겠지만, 고만고만한 애들 사이에서 싸가지가 없다는 것은 기회를 박탈당한다는 뜻이다.

"변호사랑 이야기해 봤어? 이거 어떻게 할 수 없대?"

"이건 방법이 없답니다. 불법도 아니고, 업무방해라고 볼수도 없다고."

"망할 대룡 새끼들."

계속 접촉이라도 하면 업무방해라도 걸어 보겠는데 그냥 떡밥 하나 던지고는 방치하고 있으니 그에 해당되지도 않는다.

"일단 애들 인성 교육부터 다시 시켜. 당장 몇 년 후의 일 때문에 지금 애들을 버릴 수는 없잖아."

여기서 삐끗하면 미래고 뭐고 나락에 떨어지기 때문에 김세무는 심각하게 말했다.

"네, 일단은 그렇게 하겠습니다. 그리고 매니저들도 월급을 좀 올려 줘야 할 것 같습니다."

"뭐라고? 지금 장난해?"

"불만이 장난 아닙니다. 일거리 물어 오는 게 그 애들인 거 아시지 않습니까?"

자신이 일일이 뛰면서 일거리를 물어 오지는 않으니 매니저들이 알아서 해야 하는데, 불만이 있으면 제대로 일하지 않는 것은 당연한 일.

"특히 리선이가 그쪽으로 간 게 타격이 큽니다."

"하아, 그녀이 배신할 줄이야."

"우리가 제대로 밀어주지 않은 탓도 있습니다."

리선이는 싱어송라이터를 꿈꾸는 가수였다.

그러나 아이돌이 기본인 라손에서 싱어송라이터인 그녀는 언제나 찬밥 대우였다.

그게 불만이었던 그녀는 계약이 끝나기 무섭게 대룡에 연락했고, 대룡에서는 실제로 두 배의 조건으로 그녀를 데려갔다.

한 명이 실제로 두 배의 조건으로 가자 소속 연예인들이 흔들리는 것은 당연한 일.

"압력을 가해서 출연을 막아 볼까?"

"사장님, 정신 차리십시오! 상대는 대룡입니다, 대룡! 애초에 이 일이 이렇게 틀어진 이유를 아셔야지요!"

황 이사는 그의 말에 기겁하면서 말렸다.

"뒤에서 장난치는 바람에 보복 들어온 거 아닙니까!"

"젠장, 노형진 그 새끼가 끼어들 줄 알았느냐고! 도대체 대룡의 최대 주주라는 새끼가 왜 엉뚱한 애들을 따라다니는

데? 응? 그런 애들, 전화 한 통으로 호텔로 부르는 게 뭐가 어렵다고!"

이들도 바보가 아니다.

자신들이 한 일이 걸렸으며, 그에 대한 보복이라는 것쯤은 알고 있다.

안 걸릴 줄 알았는데, 노형진이 자신들이 흔들어 둔 부모를 폭삭 망하게 하는 바람에 그들이 소속사에 매달리기 위해서 죄다 발설한 것이다.

"아니, 대룡은 자기 문제도 아닌데 왜 끼어드냐고!"

"노형진은 단순한 대주주가 아닙니다. 지금 연예계를 쥐고 흔드는 강자예요! 혹시라도 방송국에 출연 금지시킬 거라는 말도 안 되는 생각은 하지 마세요."

황 이사는 혹시나 그가 다른 사람에게 전화라도 할까 두려워서 애써 하지 못하도록 확실하게 말했다.

이건 상식적으로 이길 수 없는 싸움이기 때문이다.

방송국이 제일 중요하게 생각한 것은 시청률이다.

왜 그렇게 시청률을 중요하게 생각하느냐?

시청률에 따라서 프로그램에 붙는 광고비가 다르게 책정되기 때문이다.

그리고 대룡 같은 대기업의 광고는 아무리 방송국이라고 해도 결코 무시할 수가 없는 노릇이다.

출연 금지?

그 말이 나오기 무섭게 이쪽에서 출연 금지를 당할 가능성이 더 높다.

"알았다고, 알았어. 일단은 애들을 살살 구슬려 봐. 술이라도 먹여서 당장이라도 계약 연장 사인 받아 두고. 룸살롱 잡아서 애들 좀 데려가고."

"네."

"남자 새끼들은 룸에서 하면 되는데 걸 그룹 애들은 어쩐다…… 씨발."

실제로 룸살롱에 남자 가수들을 데려가 계약 연장을 하도록 하는 경우는 적지 않다.

문제는 걸 그룹을 비롯한 여자 가수들이다.

그 애들을 룸살롱에 데리고 갈 수는 없는 노릇이니까.

"아오, 그냥 애들 좀 동원할까?"

"사장님!"

황 이사는 돌아 버릴 지경이었다.

시대가 바뀌었는데 김세무는 아직도 적응하지 못하고 일을 벌이고, 그러면 그 뒷수습을 자신이 해야 했기 때문이다.

"지금은 애들 동원해서 강제로 도장 찍게 하고 방송에 내보내면 우리가 더 큰일 납니다."

"지들이 어쩔 건데?"

"물론 과거라면 우리만으로도 충분히 무마할 수 있겠지요. 하지만 지금은 대롱이 우리를 노리고 있다는 점을 감안

이것이 법이다

하셔야 합니다."

"씻팔."

사실 김세무가 잘하는 건 사람에 대한 관리가 아니다.

그는 언플과 음악적 감각에 대해서 천재적이라고 소문이 나 있다. 그러니 그 자리에까지 올라갈 수 있었던 것이다.

애초에 음악만 잘 고르면 그 이후에 사람 관리는 아랫사람들이 하니 지금까지는 문제가 되지 않았겠지만…….

'관리하는 방법을 너무 몰라.'

과거 조폭 시절의 버릇이 여전히 남아 있는 김세무를 보면서 황 이사는 입술이 바짝바짝 말랐다.

"일단은 부모들에게 선물을 주시면서 그들을 살살 달래는 게 중요합니다. 대룡이 한 건 그냥 구두계약입니다. 아니, 계약도 아니죠. 그냥 의견 표현일 뿐입니다. 법적으로 아무런 능력도 없는 거니, 저들이 거짓말하는 거라고 살살 구슬려서…….''

애써 해결책을 만들려고 하는 황 이사.

그런 황 이사의 귀에 청천벽력 같은 소식이 들어왔다.

"사장님! 크, 큰일 났습니다!"

누군가 문을 다급하게 열면서 들어오다가 바닥을 데굴데굴 굴렀다.

그러나 너무 다급해서 아픈 것도 느끼지 못하는 듯 벌떡 일어났다.

"뭐야?"

그 행동에 두 사람은 등골이 싸늘해졌다.

지금도 힘들어 죽겠는데 저렇게 다급하게 들어와서 할 말이라면, 도대체 무슨 일이 터진 거란 말인가?

"우…… 우리가 음원 1위를 했습니다!"

두 사람은 어리둥절해졌다.

음원 1위를 한다는 게 나쁜 건 아니지 않은가? 오히려 좋은 일이다.

그런데 저렇게 사색이 되다니?

"그건 좋은 일이잖아? 그런데 왜 그런 표정이야?"

"1위이기는 한데…….''

직원은 다급하게 빼 온 서류를 건넸다.

그리고 그걸 본 김세무와 황 이사의 얼굴은 그 어느 때보다 파랗게 질렸다.

모두의 적

　일주일 전. 노형진은 일단의 사람들을 만나고 있었다.

　"작업 가능하지요?"

　"가능합니다. 그런데…….'

　모여든 사람들은 꺼림칙한 표정으로 다른 사람들을 바라
보았다.

　"이래서는 문제가 생길 텐데요."

　"왜요?"

　"아무리 그래도…… 이 정도는 좀…….'

　그들은 서로의 눈치를 보면서 말했다.

　그럴 수밖에 없는 게, 여기 있는 사람들은 음원 사재기를
해 주는 업체의 대표들이었다.

물론 바지 사장이 아니라 진짜 배후에 있는 인물들.

"이렇게 많은 사람들이 한꺼번에 달려들면…… 티가 납니다."

누군가 조심스럽게 말했다.

그러자 노형진은 피식 웃었다.

"티가 나라고 하는 겁니다."

"에?"

다들 어리둥절한 표정이 되었다.

음원 사재기의 기본은 티 내지 않고 순위를 올리는 데에 있다. 그런데 티가 나야 한다니?

"라손에 엿을 먹이려고 하는 거니까요."

"라손요?"

"네. 이미 알고 계실 텐데요. 저희가 다 알아보고 연락드린 겁니다."

"음……."

그들은 고민하는 표정이 역력했다.

"이렇게 하면 결국 라손 좋은 일만 시키는 거 아닌가요? 그들의 순위가 올라갈 텐데요. 돈이 한두 푼 드는 것도 아니고."

"돈 따위는 상관없습니다. 중요한 건 메시지지요."

"메시지?"

"나한테 걸리면 죽는다."

"……."

그들은 약간 고민스러운 표정이 되었다.

라손은 사실 중요한 손님이기는 하다.

하지만 상대방은 대룡이다. 거기에다가 자신들의 약점을 정확하게 알고 있다.

그러니 거절하면 자신들이 잡혀갈 수밖에 없는 상황이다.

"도대체 왜 죽는다는 건지 모르겠습니다만."

노형진이 이들을 모아서 부탁, 아니 의뢰한 것은 음원 사재기였다.

그것도 라손 가수들의 음원 사재기.

"작업을 하는 건 어렵지 않은데……."

그들은 고민할 수밖에 없었다.

어찌 되었건 그들도 라손이 사람 잘못 건드려서 대룡에서 잡아먹으려고 든다는 것은 알고 있었다.

그런데 그쪽 사람으로 보이는 사람이 도리어 라손의 음원을 사재기해 줄 것을 요청하고 있다.

그렇다면 유리해지는 것은 다름 아닌 라손이 아닌가?

그들이 이해하지 못하는 표정이 되자 노형진은 씩 웃으면서 그들에게 종이를 내밀었다.

"이건?"

"순위표입니다. 이 순위표대로 만들어 주시면 됩니다."

"순위표?"

그걸 받아 든 사람들은 노형진이 라손에 엿을 먹이려고 왜 이 일을 하는 건지 단박에 알아차렸다.

"자고로 과한 건 부족한 것만 못하다고들 하지요."

"이건 너무 과한데요?"

"그러니까 과하게 해서 엿을 먹이려고 하는 겁니다."

"체하다 못해서 실려 가겠는데?"

"실려 가는 것만으로 끝나면 다행이지."

다들 그렇게 말하면서 살짝 떨었다.

이 작업에는 돈이 적게 들어가는 게 아니다. 그런데 그 돈을 내면서까지 이렇게 뒤통수를 치다니.

'역시 대룡은 건드리는 게 아니었어.'

그들은 혀를 끌끌 찼다.

도대체 무슨 생각으로 대룡을 건드린 건지, 라손이 불쌍해질 지경이었다.

'거절하기는 글렀구먼.'

잘못 건드렸다가 라손이 이 꼴을 당하는 걸 빤히 보면서 자신들이 그들과의 의리를 생각해서 거절하면 무슨 일이 벌어질지 예상하는 건 어렵지 않았다.

의리도 중요하지만 일단 자신들이 살아야 했다.

"알겠습니다."

그들은 종이를 주머니에 챙겨 넣었다.

"돈은 현금으로 하실 거죠?"

"당연하지요. 그리고 깔끔하게 정리해 주시면 감사하겠습니다."

"깔끔하게 할 겁니다. 저희가 이 일을 하루 이틀 하는 게 아니니까요."

다만 이번 사건은 규모가 있으니 아무래도 일을 저지르고 잠깐 잠수를 타야겠지만.

'난리가 나겠구먼.'

이제 무슨 일이 벌어질지 예상한 몇몇은 고개를 절레절레 흔들며 라손의 명복을 빌어 줄 수밖에 없었다.

⚖️

그리고 현재.

"1위부터 20위까지 다 라손이네."

노형진의 사무실에 차트를 가지고 온 손채림은 어이가 없어서 혀를 끌끌 찼다.

"일은 깔끔하게 하는 사람들이니까."

노형진은 그걸 힐끔 보고는 대수롭지 않게 말했다.

자신이 원한 대로 정확하게 순위가 매겨져 있었다.

물론 1위를 하는 게 좋기는 하다. 하지만 1위부터 20위까지 모조리 라손 소속 가수라는 건 결코 있을 수 없는 일이다.

당연히 노형진의 작품이다.

"그런데 왜 이렇게 한 거야?

"응?"

"그렇잖아. 우리 돈 들여서 이렇게 순위를 올려 주면 정작 라손 좋은 일만 해 주는 거 아니야?"

손채림은 고개를 갸웃하면서 말했다.

노형진은 피식 웃었다.

그렇게 생각할 수도 있다. 그리고 음원을 사재기하는 그 사람들도 그렇게 생각했고.

그러나 현실은 그것보다는 좀 더 복잡했다.

"아마 지금쯤 라손은 난리가 났을걸. 좋아서가 아니라, 이 문제를 어떤 식으로 해결해야 하나 해서."

"어째서?"

아무래도 지금의 상황을 손채림에게 이해시켜 줘야 할 듯하여, 노형진은 자세를 바로잡고 그녀에게 차트를 다시 보여 주면서 물었다.

"너는 가수의 주요 수입원이 뭐라고 생각해?"

"음반 판매?"

"아니, 틀렸어. 주요 수입원은 광고와 행사비야. 사실 음반 판매는 그다지 수익이 나는 게 아니야."

일반적으로 음반이 한 곡당 500원이라고 하면 그중 절반 이상을 유통 업체에서 가져간다. 그리고 남은 250원도 대부분 저작권자에게 간다.

그래서 500원짜리 곡 하나를 팔면 가수가 가지고 가는 돈은 50원 미만이다.

"그리고 전에도 말했다시피 그 돈을 메꾸는 것은 소위 말하는 행사비야. 그런데 그 행사비의 기준은 인기순이지. 1등과 2등의 차이는 엄청나니까. 당연히 그 인기의 척도를 재는 것은 음반 판매량이고."

"그렇지."

그건 익히 알 수 있는 것이다.

그런데 궁금한 것은, 어째서 노형진이 음원을 사재기해서 라손에 유리하게 해 줬느냐는 것.

"과한 건 부족하느니만 못하니까."

"과한 건 부족하느니만 못하다니?"

"순위를 봐 봐. 1위부터 20위까지 모조리 라손이야. 상식적으로 말이 안 되지. 더군다나 1위는 데뷔한 지 채 3주도 안 된 걸 그룹이야. 며칠 전만 해도 100위권 바깥에서 헤매던 애들이지."

그들뿐만이 아니라 대부분의 사람들이 다 그랬다.

소속된 아이들 중에서 진짜로 톱의 자리에 올라가는 아이들은 극히 드물다.

게다가 아무리 라손이 크다고 해도 수백 개 팀을 가지고 있을 수는 없다.

다 해 봐야 스무 개 정도 팀인데, 1위부터 20위까지 그들이 모조리 싹쓸이했다.

심지어 어떤 팀은 활동을 접고 휴식기에 들어간 지 한 달.

이 넘었다.

"상식적으로 이건 불가능하지."

"그렇지."

"핵심이 바로 그거야."

"응?"

"상식적으로 불가능하다는 것."

일반적인 상황에서는 절대로 불가능한 일이 벌어졌다.

그리고 일반적이지 않은 상황이라고 하면, 음원 사재기뿐이다.

"아하!"

손채림은 거기까지 듣고는 바로 알아차렸다.

"공신력을 부수어 버린 거네?"

"눈치 빠른데?"

광고나 행사의 가격은 가수의 지명도에 따라서 매겨진다. 그리고 그걸 판단하는 것은 다름 아닌 음반의 순위다.

"조금 알아보니 김세무 그 인간, 조금씩 작업을 했더라고."

옛날 스타일의 운영자이니 당연하다면 당연한 일이다.

음반 사재기를 통해서 순위를 올리는 것은 흔하게 벌어졌던 일이니까.

"보통은 걸리지 않는 수준에서 했겠지만."

100위권 바깥이면 30위권으로, 30위권 바깥이면 10위권으로, 이런 식으로 지명도를 올리는 식으로 작업했을 것이다.

이것이 법이다

"하지만 이번에는 나 때문에 그게 틀어졌지."

소속 가수들이 모조리 1등부터 20등까지 올라갔다.

심지어 데뷔한 지 한 달도 안 된 팬덤도 없는 걸 그룹이, 데뷔한 지 4년이 넘는 거대 팬덤을 가진 보이 그룹을 압살하고 1등을 먹었다.

물론 이들이 진짜로 실력이 있어서 그랬으면 좋겠지만……

"과연 사람들이 그걸 믿어 줄까?"

"아하."

광고나 행사의 기준은 인기다. 그런데 그게 작업으로 만들어진 거라는 이미지가 뒤집어씌워진다면 누구도 그걸 믿지 않는다.

거짓말로 인기를 끌어 올린 연예인을 광고나 행사에 불러줄 사람은 많지 않다. 풍요 속의 빈곤이라고 해야 할까?

"더군다나 이런 행동 때문에 다른 소속사나 팬덤은 제법 열 받았을걸."

"안 받을 수가 없지."

수십만의 팬덤을 가진 보이 그룹이 기세 좋게 컴백했다.

그런데 이러한 작업 때문에 20위권 바깥으로 밀려나 버렸다.

그들뿐만 아니다. 쟁쟁한 가수들이 모조리 그들의 음원 사재기 때문에 순위권 바깥으로 밀려나 버렸다.

당연히 사방에서 문제가 생길 수밖에 없다.

"좋은 꼴은 못 볼 거야."

누구도 그 기업을 믿지 않는다면 기업의 수명은 한정될 수밖에 없다.

"하지만 자기들이 안 했다고 할 수도 있잖아?"

노형진은 코웃음을 쳤다.

"누가 그 말을 믿어야 말이지."

"그런가?"

"이런 작업을 한 번 하는 데 들어가는 돈이 어디 한두 푼인 줄 알아?"

이런 작업을 하려면 못해도 몇천은 들어간다. 이렇게 20위권까지 모조리 석권하려면 못해도 몇억이다.

세상에 어떤 미친놈이 그 돈을 써 가면서 엿 먹이겠다고 자신들을 1위까지 올려 주겠는가?

"여기 있네, 그 미친놈."

"헤헤헹."

손채림이 질렸다는 듯 말하자, 노형진은 장난스럽게 웃었다.

노형진은 실제로 그 짓을 했다.

누구도 안 믿겠지만 현실에서 실제로 일어났으니 다들 그걸 보고 라손이 작업했다고 생각하지, 노형진이 자기 돈 주고 작업했을 거라고는 생각도 못 할 것이다.

설사 다른 누군가 했다고 다른 사람들이 믿어 준다 치더라도, 바뀌는 것은 없다.

"아마 주변에서 잡아먹으려고 덤비고 있을걸."

"야! 김세무! 이거 해도 해도 너무한 거 아냐!"

라손의 사옥에는 관련된 자들이 모여서 항의하고 있었다.

특히나 3대 메이저 기획사의 사장들은 열 받아서 얼굴이 붉어질 대로 붉어진 상황이었다.

"너 이 새끼, 보자 보자 하니까 너무하잖아!"

"내가 한 게 아니라니까요!"

"개소리하지 마! 어떤 미친놈이 수억을 들여서 줄을 세워 줘!"

"진짜입니다!"

김세무는 돌아 버릴 지경이었다.

1위부터 20위까지 모조리 자기네들이 줄을 서는 바람에 매일같이 항의 문자와 전화가 날아오고 다른 팬덤이 몰려와서 시위를 하고 있었다.

아니라고 아무리 변명을 해 봤자, 누구도 믿지 않았다.

더군다나 노형진의 말대로 김세무가 알게 모르게 음원 사재기를 하는 것이 알려져 있었기 때문에 사람들은 이번에 실수하면서 이런 일이 벌어졌다고 생각하고 있었다.

"사람이 말이야! 양심이 있어야지! 최소한 급은 되는 애들한테 작업을 걸어야 할 거 아냐! 그런데 데뷔한 지 한 달도 안 된 애들을 1위로 올려? 우리 블랙탄이 우습게 보여? 어! 우습냐고!"

"아이고, 형님! 아닙니다! 진짜 아니에요!"

"아니긴 뭐가 아니야! 우리가 얼마나 앨범을 고생하면서 냈는데 21위야, 이 새끼야! 너희가 작업질만 안 했으면 우리가 1위라고!"

"작업 안 했다니까요!"

"이 새끼가 보자 보자 하니까!"

김세무가 아무리 변명해 봐도 믿어 주는 사람은 없었다.

도리어 변명을 할수록 사람들은 점점 더 그를 믿지 않고 있었다.

"저희가 그런 게 아니에요! 진짜예요! 믿어 주세요!"

아무리 김세무가 3대 메이저급 사장이라고 해도 다른 소속사 사장이 거품 물고 달려드는데 고개를 뻣뻣하게 들 수는 없다.

더군다나 한두 곳도 아니고 수십 곳이다.

"너 이 새끼, 한 번만 더 이런 짓거리 하면 이 바닥에서 쫓아낼 거야! 우리가 못 할 것 같아?"

"두고 봅시다! 김 사장!"

"씨발, 사람이 말이야, 양심이 있어야지!"

한참 욕을 퍼붓던 각 회사의 대표들은 강력한 경고를 남기고 사옥을 떠났다.

그리고 뒤에 남은 김세무는 부들부들 떨다가 자신의 명패를 잡고는 사방으로 휘두르기 시작했다.

"으아아아! 씨바아알!"

이것이 삶이다

게거품을 물면서 날뛰는 김세무.

그런 김세무를 문틈으로 보던 황 이사는 한숨을 푹 내쉬었다.

"이사님, 어떻게 하죠?"

"나도 모르겠다."

그냥 한두 명만 한 것도 아니고 소속된 가수들에 대해서 모조리 작업을 걸었다.

상대방이 누군지 알 수도 없다. 수억을 써 가면서 그 짓거리를 할 만한 사람은 없으니까.

'노형진? 하지만 아무리 그라고 해도 이 정도까지 할까?'

노형진의 재산에 대해서 그들은 잘 모른다. 그저 수십억에서 수백억 정도 될 거라 알려져 있을 뿐.

그러니 수억을 들여서 이 정도 작업을 할 수 있을 것 같지는 않았다.

"분위기가 어때?"

"안 좋습니다."

인터넷은 욕설로 도배되었고, 언론에서는 사재기를 의심한다면서 물어뜯는다. 국민들은 해도 너무한다면서 혀를 끌끌 차고.

"도대체 이런 미친 짓을 하는 놈이 어디 있는 거야?"

황 이사는 암담한 얼굴로 중얼거렸다.

"일단은 우리가 작업한 거 아니라고 언론에 인터뷰하고 추이를 기다립시다."

"그거 가지고 될까요?"

"되어야지요."

그것 말고는 자신들이 할 수 있는 건 없었다.

그러나 노형진은 그렇게 쉽게 이들을 놔줄 생각이 없었다.

"황 이사님."

아무리 이사라고 해도 방송국이 갑인 것은 어쩔 수가 없다.

그런 방송국의 음악 방송 PD가 황 이사와 술잔을 기울이고 있었다.

그러나 그의 얼굴은 평소 접대를 받을 때의 그것이 아니었다.

애초에 그 정도는 황 이사가 아니라 다른 매니저들이 해야 할 일이었다.

그럼에도 불구하고 황 이사가 나온 것은 그럴 만한 이유가 있었기 때문이다.

"저도 무슨 상황인지 모르겠고 솔직히 관여하고 싶지도 않지만, 해도 너무한 거 아닙니까?"

"저희가 그런 게 아니라니까요."

"그런데 어떻게 2주 동안 순위가 똑같아요?"

"……."

지난주와 똑같은 순위다. 1위부터 20위까지는 말이다.

1주도 아니고 2주째 그런 일이 벌어지니 이건 빼도 박도 못하는 상황이 되어 버렸다.

"아무리 그래도 적당히 하셔야지요. 지난주에도 그 난리를 당하셨다면서."

"저희가 한 게 아니라니까요."

그는 돌아 버릴 지경이었다.

하지만 그런다고 해서 결과가 달라질 수는 없는 노릇.

"아아, 무슨 말씀을 하고 싶으신 건지는 알겠는데요. 하아……."

PD는 곤란하다는 듯 황 이사를 바라보았다.

그 또한 할 수 있는 것은 다 해 주고 싶었다. 평소에 접대받은 것도 있으니까.

하지만 이번에는 선을 너무 과도하게 넘었다.

"위에서 말이 나왔는데……. 아무래도 당분간은 순위에서 라손은 빼야 할 듯하답니다."

"네?"

이해가 가지 않는 표정으로 PD를 바라보는 황 이사.

순위에서 빼다니, 그게 무슨 뜻이란 말인가?

사실 못 알아들었다기보다는 인정하고 싶지 않아서였지만, 그런다고 해서 현실이 바뀌는 것은 아니었다.

"말이 너무 많습니다. 조작의 증거도 너무 확실하고 경찰에서도 수사가 들어간 상황인데, 그걸 믿고 무조건 상을 줄 수는 없지 않습니까?"

"하, 하지만 저희는 진짜로……!"

"아아, 라손에서 했는지 안 했는지가 중요한 게 아닙니다. 조작이 되었는지 안 되었는지가 중요한 거지요."

그리고 지금 상황에서 명백하게 조작이 인정되고 있다.

조작이 아니라면 지금의 상황을 이해할 수가 없으니까.

"그래서 방송국에서는 아예 방송 순위에서 라손 출신 애들을 빼기로 했습니다."

"PD님!"

"저한테 뭐라고 해도, 방법이 없지 않습니까?"

거기에 있는 음반 판매량이 얼마나 조작된 것인지 알 수가 없으니 방송국에서 선택할 수 있는 건 그들을 아예 빼 버리는 수밖에 없다.

그걸 인정해 버리면 1위부터 20위까지 계속 라손에서 하게 될 텐데, 다른 소속사에 불만을 안 가질 리도 없고.

"일단은 당분간입니다, 당분간."

"얼마나요!"

"글쎄요. 한 달은…… 되지 않겠습니까?"

"하…… 한 달요!"

무려 한 달을 쉰다는 것은 가수들에게 치명적이다.

거기에다 자연스러운 휴식도 아니고 반강제로 쉬게 되는 건데, 그렇게 되면 잊히는 것은 순식간이다.

이것이 힘이다

"저희는 진짜 억울합니다!"

황 이사는 다급하게 말했지만 PD는 어깨를 으쓱할 뿐이었다.

"제가 아니라 위에서 결정된 겁니다."

"위라고 하면?"

"이사회요. 아무래도 이런 일은 처음이다 보니……."

이사회에서 결정된 거라면 뒤집힐 수는 없다.

"오늘은 감사했습니다만……."

PD는 슬쩍 자리에서 일어났다.

접대를 받기 위해서 오기는 했지만 이런 통지를 하고서도 접대를 받을 만큼 그가 뻔뻔한 사람은 아니었다.

"다음번에는 좀 조심해 주십시오."

황 이사를 홀로 두고 나가는 PD.

뒤에 남은 황 이사는 머리를 부여잡으며 고통스러워했지만 어떻게 해결할 방법이 보이지 않았다.

⚖

그리고 바로 다음 주부터 방송국에서는 라손 소속의 어떠한 연예인도 순위에 끼지 못했다.

충분히 순위권에 들어갈 수 있는 가수라고 할지라도 작업의 가능성이 농후한 이상 순위에 넣을 수 없었던 것이다.

순위에 들어가지도 못하는데 방송국에서 부를 리는 없을 테니, 그렇게 라손은 말 그대로 나락으로 떨어지기 시작했다.

"계약 해지요?"

김세무는 너무 휘몰아치는 지금 상황에, 쓰러지고 싶었다.

"하지만 사장님, 아직 계약 기간이 남아 있는데요?"

"그것도 이미지가 좋을 때의 이야기지요. 아니, 가수 이미지는 둘째 치고, 광고마다 안티가 달라붙어서 욕으로 도배하는데 무슨 광고를 합니까?"

광고를 줬던 회사의 말에 김세무는 휘청거렸다.

벌써 열두 번째 광고 계약 해지다.

"광고는 이미지 싸움이에요. 아시잖아요?"

"네."

"그런데 당신네 애들 이미지가 어떤지 알아요?"

사기꾼, 조작꾼, 속임수의 대가. 그게 그들의 현재 이미지였다.

과거에 1위를 했던 것도 다 조작한 거 아니냐는 의혹이 불거지고 언론사에서도 계속 앨범 사재기 의혹을 재기하고 있으니, 이미지가 좋을 수가 없었다.

특히나 그들의 조작으로 인해서 순위를 빼앗긴 다른 팬덤의 분노는 하늘을 찌르고 있었다.

"계약 해지하겠습니다. 그나마 우리 쪽에서는 손해배상 소송은 안 하니 다행인 줄 알아요."

"사…… 사장님, 한 번만……! 저희는 진짜로……!"

"그놈의 자기가 안 했다는 소리 지겨워서 못 듣겠네. 아, 시끄럽고, 그렇게 아세요."

광고주가 나가 버리자 김세무는 부들부들 떨었다.

옆에 있던 황 이사는 이제는 절망하다 못해서 혼이 다 빠져나갈 지경이었다.

방금 나간 광고주의 말대로 다른 곳은 손해배상 소송을 하겠다면서 거품을 물고 있기 때문에, 해결해야 하는 것은 산넘어 산이었다.

전이라면 화를 내거나 지랄 발광을 했을 테지만 지금은 그럴 힘조차도 없었다.

하루하루 입술이 바짝바짝 말라 가고 있었으니까.

"황 이사, 애들 상황은 어때?"

"불만이…… 너무 심합니다."

심할 수밖에 없다. 졸지에 출연이 모조리 막혀 버렸으니까.

"방송 출연만 문제가 아닙니다. 행사까지 모조리 없어졌습니다."

음원에서 1위를 하면 뭐 하나, 다 조작이라고 생각해서 누구도 불러 주지 않는데.

1위 기간이 길어질수록 점점 말이 많아지고 있었다.

"도대체 뒤에 누가 있는지 알아냈나?"

"그것도 모르겠습니다."

"싯팔! 그럼 아는 게 뭐야!"

김세무는 결국 폭발하고 말았다.

힘이 없어서 화도 내지 못하던 그이지만 이번에는 그럴 수밖에 없었다.

아는 게 없으니 대응도 할 수가 없으니까.

"이것도 모른다, 저것도 모른다! 죄다 모르면 어쩌라고! 같이 죽자는 거야, 뭐야!"

황 이사는 입술을 짓깨물었다. 의심이 가는 사람은 딱 한 명뿐이었다.

"확인하고 말씀드리겠습니다."

⚖️

"라손이 이렇게 휘청거릴 거라고는 생각도 못 했습니다."

박만태는 주변에 들리는 소문을 정리해서 노형진에게 전달해 주면서 말했다.

라손과 싸우겠다고 했을 때 사실 그는 그저 적당히 싸우다가 라손이 손을 떼는 선에서 끝날 거라 생각했다.

그런데 라손은 몇 주 사이에 무서울 정도로 추락하고 있었다.

"광고도 행사도 방송도, 모조리 끊어졌다고 하더군요."

"그럴 수밖에요."

회사에 사기꾼 이미지가 뒤집어씌워졌으니 결코 좋을 수

가 없는 상황이다.

더군다나 이러한 조작으로 인해서 안티가 급증했다.

행사를 가 봐야 날아오는 게 물병이요 들려오는 게 욕설이니, 행사도 잡힐 리 없다.

"자본금이 수백억은 될 텐데."

노형진은 씩 웃었다.

'내가 쓴 돈이 한 10억쯤 되려나?'

아니, 10억도 안 될 것이다.

그런데 그 돈으로 자본금 수백억짜리 회사를 휘청거리게 만들었다.

"순위는 어떤가요?"

"앨범사에서도 목록에서 빼 버려서……."

"그렇지요?"

앨범 사재기는 끝났지만 이미 목록에서 빠져 버렸기 때문에 아무리 팬들이 앨범을 사 줘도 순위에 들어갈 일은 없다.

아예 이름 자체가 올라가지 않기 때문이다.

"방송국에서는 한 달 정도 출연시키지 않는다고 하던데, 사실 그동안의 방송국의 행태를 봐서는 그럴 가능성은 낮습니다. 못해도 세 달은 출연 금지시킬 겁니다. 다른 소속사에서도 가만히 있을 리 없구요. 그래서 라손 출신 가수들이 마치 마법처럼 사라지고 있다더군요."

"그럴 겁니다. 북한에는 그런 형벌이 있지요."

"에? 그런 형벌이 있다고요?"

"네. 기록말살형이라고 하지요."

그와 관련된 모든 기록, 모든 정보를 지워 버림으로써 존재 자체를 없애 버리는 것. 그걸 보통 기록말살형이라고 한다.

"지금 그들이 처한 상황과 비슷할 겁니다."

자신이 했든 남이 했든, 조작으로 순위가 올라간 것은 확실하다.

그걸 막을 수 있는 방법은, 현재로서는 그들을 통째로 빼 버리는 것뿐이다.

"그리고 이건 기업에 관련된 처벌이지요. 그 소속사에 있으면 불이익을 받는다는 것."

한번 이렇게 일이 거창하게 터졌으니 이번 사태가 끝난다고 해도 그곳 출신으로 반응이 좋다면 마치 꼬리표처럼 조작으로 올라간 것 아니냐는 말이 무조건 나올 것이다.

설사 아니라고 해도, 그런 부담은 가수에게 독이 된다.

실력이 아니라 기획사의 사기에 놀아난 거라는 이미지가 계속 남을 테니까.

"그러면 연예인들은 거기서 재계약을 하려고 할 리 없지요."

"아하!"

연예인은 상품이다. 그리고 그와 마찬가지로 엔터테인먼트 기업 역시 상품이다.

그런데 라손이라는 상품은 품질이 안 좋기로 소문이 난 상황이 되어 버렸다. 그러니 사람들이 일단 거르는 형태로 갈 수밖에.

"아마 조만간 대대적인 정리가 있을 겁니다."

"안 그래도 매니저와 코디 그리고 메이크업을 담당하는 사람들을 대량으로 해고한다고 하더군요."

공연도 행사도 없는 상황에서 그들은 그냥 짐이다. 그것도 매달 월급을 꼬박꼬박 줘야 하는 짐.

그러니 라손의 입장에서는 어쩔 수 없이 그 부담을 줄여야 한다.

"예상했던 일입니다. 그리고 그들은 다른 기업으로 이직하겠지요. 일단 경력이 있으니까요."

당연히 그에 관련된 안 좋은 소문이 주변으로 빠르게 퍼질 것이다.

"거기에다 우리가 걸어 둔 조건도 있으니 거기에 남아 있으려고 하는 가수는 없을 겁니다."

"하지만 돈을 너무 많이 쓴 거 아닌가요?"

박만태는 걱정스럽게 말했다.

그가 알기로 이 작업을 하는 데 10억 정도 들어갔다고 했다. 그렇다면 너무 손해인 것 같았기 때문이다.

"전혀요. 덕분에 돈을 아낄 수 있을 겁니다."

"네?"

"과연 라손이 가수들에게 어떤 조건을 내걸 수 있을까요?"

박만태는 고개를 번쩍 들었다.

지금의 라손은 가수들을 잡기 위해서 어떤 조건을 내걸 수 있을까?

돈도 없고, 이미지는 망가졌다. 더군다나 사실상 가수들의 활동이 막혀 버렸다.

이 상황에서 그들이 제공할 수 있는 조건은 그다지 좋을 수가 없다.

"조건이 엄청나게 나빠지겠군요."

"네."

행사도 방송도 못 하니, 그들이 내거는 조건은 나빠질 수밖에 없다.

그리고 그런 상황이라면 대룡에서 두 배의 조건을 걸어 봤자 다른 곳보다 조금 더 나은 수준이 될 것이다.

어쩌면 다른 곳이 나을 수도 있고.

"결과적으로 그들에게 줘야 하는 돈이 줄어들었으니 우리가 손해 본 건 없지요."

"허……."

틀린 말은 아니다.

다른 소속사의 두 배가 아니라 라손의 두 배라고 했으니 마음에 안 들면 그들은 대룡이 아니라 다른 곳에 갈 수도 있게 된 것이다.

현재 라손의 상황은 결코 좋지 못하니까.

"물론 3개월 후에 방송 출연 금지가 풀릴지도 모르지요. 하지만 그때도 지금 같은 일이 벌어지면 어떻게 될까요?"

노형진은 씩 웃으면서 말했다.

아마 그렇게 된다면 지금처럼 한 주 기다리는 것도 없이 무조건 그날로 출연 금지가 떨어질 것이다.

그나마 예능 쪽은 반응이 느리다지만 지금도 라손 때문에 순위를 빼앗긴 팬덤이 분노의 욕설로 도배하고 있으니 방송 국의 입장에서는 부담을 느끼지 않을 수가 없다.

아마 조만간 예능 쪽에서도 모두 하차하는 수밖에 없으리라.

"하지만 그렇게 이미지가 무너진 가수를 데리고 와 봐야 의미가 없지 않나요?"

"하지만 이 경우는 가수의 문제가 아니라 소속사의 문제지 요. 당연히 소속사를 옮기면 가수들의 이미지는 다시 살아날 겁니다. 엄밀하게 말하면, 이번 사태에서 가수들은 피해자거 든요."

가수들이 음반을 사재기한 것도 아니니, 소속사의 삽질로 인해서 엄청난 손해를 입은 것은 다름 아닌 가수들이다.

노형진이 이미 그들을 현혹해서 정을 붙일 만한 틈도 주지 않았는데 소속사의 삽질로 출연마저 불가능하게 되었으니 가수들이 열 받지 않을 리 없다.

"라손의 미래는 없다고 봐도 됩니다."

이미지가 망가진 그곳에 가려고 하는 사람은 없을 것이다.

설사 진짜로 자신들이 하지 않은 것이라고 해도 문제는 여전하다. 누군지 모르는 사람이 라손에 악감정을 가지고 출연하는 족족 조작을 통해서 묻어 버리고 있을 테니까.

"어지간한 깡이 아니면 라손에 남아 있지는 못하겠지요."

새로 들어가지도 못하고 그렇다고 그곳에 있을 수도 없다면, 라손의 미래는 결정된 것이나 마찬가지이다.

"아마 라손의 세력은 빠르게 줄어들 겁니다."

소속 가수들은 무서운 속도로 빠져나갈 것이다.

특히나 실력이 있는 사람들은 더더욱 빨리 나가려고 할 것이다.

'조만간 계약관계 부존재 확인소송이 미친 듯이 터지겠지.'

몇 년씩 라손에 계약으로 묶여 있어 봐야 아무것도 하지 못한다는 걸 안 사람들이 그냥 버티고 있을 가능성은 낮다.

당연히 라손에 계약관계 부존재 확인소송을 걸 텐데, 그것만도 수십 건에 이를 것이다.

"전이라면 라손이 이기겠지만, 이번에는 그렇게 두고 볼 생각이 없으니까요."

이 경우는 라손이 확실하게 이길 수 있다고 말할 수가 없다.

일단 라손이 정상적인 기업으로서 그들을 지원해 줄 수 있는지가 불투명해진 상황이기 때문이다.

"어떻게 해서든 다들 벗어나려고 할 겁니다."

"다들?"

"거기에 연예인만 있는 건 아니거든요."

노형진은 씩 웃었다.

꿀꺽.

황 이사는 침을 삼켰다.

그는 누구도 모르는 곳에서 조용히 노형진을 만나고 있었다.

황 이사는 바보가 아니다. 도리어 이 바닥에 오래 굴러먹은 만큼 그는 눈치가 빨랐다.

그리고 이번 싸움은 이미 끝났다는 걸 알 수 있었다.

"노형진입니다."

노형진은 인사를 건네고 맞은편에 앉아서 황 이사를 물끄러미 바라보았다.

"절 보자고 하셨다면서요?"

"네. 묻고 싶은 게 있어서요."

"묻고 싶은 거라고 하시면?"

"혹시 이번에 저희가 당한 일에 대해서 아시는 게 있는지……?"

"글쎄요. 전 무슨 일을 당하셨는지 잘 모르겠는데요. 요근래 음반 판매량이 참 좋은 것 같던데. 소속 가수들이 줄줄이 순위권에 올라가시던데 말이지요. 마법처럼 말입니다."

노형진은 마치 모르는 것처럼 돌려 말했지만 황 이사는 그 안에서 강렬하게 느껴지는, 노형진이 주도했다는 느낌을 지울 수가 없었다.

　　진짜 모르는 것치고는 행동이 너무 이상했다.

　　애초에 그가 아니라면 이런 짓을 할 만한 사람이 없기도 했고.

　　"저희가 한 게 아니라서요."

　　"뭘요?"

　　노형진은 딱 잡아뗐다.

　　자신이 했다고 해도 문제 될 것은 없다.

　　내가 그 사람들이 좋아서, 순위권에 넣어 주고 싶어서 그랬다고 해도 저들로서는 할 말이 없기는 하다.

　　불법으로 보기에는 상당히 애매하니까.

　　"전 잘되기를 바라는데 뭐 힘든 일이 있으신가 봅니다?"

　　"힘든 일이라기보다는 오해를 받아서……."

　　"저런, 힘드시겠네요. 오해를 받으면 여러 가지가 힘들기는 하지요. 무슨 오해인지 모르겠지만 어서 푸셨으면 좋겠네요. 애써 1등까지 했는데 방송에도 출연하지 못하면 아무래도 여러 가지로 문제가 있지 않겠습니까?"

　　황 이사는 입술을 깨물었다.

　　직감적으로 다 알고 있다는 것을 알아차린 것이다.

　　결국 황 이사는 어떻게든 살아야겠다는 생각을 했다.

"대표님."

"전 대표 아닌데요."

"노 변호사님. 잘못했습니다. 저희가 잘못했으니 한 번만 봐주십시오. 저희가 주제도 모르고 덤벼들었습니다."

고작 10억 정도의 돈. 그 돈으로 자신들이 이렇게 무너질 거라고는 생각조차 해 본 적 없다.

다른 것도 아니고 자신들이 아무런 생각 없이 흔하게 하던 앨범 사재기 때문에 말이다.

"뭘 잘못했는데요?"

"저희가 노 변호사님의 심중을 어지럽힌 점, 진심으로 사죄 드립니다. 다시는 안 그럴 테니 제발 공격을 멈춰 주십시오."

노형진은 그런 황 이사를 보면서 미소 지었다.

황 이사는 그런 그를 보면서 혹시나 용서를 해 줄까 하는 생각이 들었다.

그리고.

"용서라고 할 게 뭐 있나요?"

"그…… 그럼 용서해 주시는 겁니까?"

"에이, 용서라니요. 제가 뭘 한 게 있어야 용서를 하지요."

사색이 되는 황 이사.

노형진은 그런 그를 보면서 속으로 코웃음을 치고 있었다.

'어디서 수작질이야, 수작질이?'

대놓고 녹음이 잘되는 위치에 놓여 있는 핸드폰.

'나는 지금 녹음 중입니다.'라는 눈치로 힐끔힐끔 핸드폰을 바라보는 모습.

그걸 노형진이 알아차리지 못했을 리 없다.

변호사들의 세계에서 채증이라고 불리는 증거 확보 작업은 눈치 싸움의 결과다. 그러니 이상함을 느끼지 못할 리 없다.

"무슨 일을 했는지 모르지만……."

노형진은 슬며시 그를 보면서 미소 지었다.

"살다 보면 때때로, 불교식 표현을 빌리자면 업보라는 게 있는 것 같더군요. 뭐, 인과응보라고 할 수도 있고."

"업보라니요?"

"요즘 힘들어하시는 것 같은데, 혹시나 그런 생각이 들어서요. 남한테 하지 못할 일을 하신 게 아닌가 하는."

"저희는……."

황 이사는 차마 '우리는 그런 적 없습니다.'라고 딱 잘라서 말하지 못했다.

자신들이 뒤에서 수작질을 해서 잘라 버린 애들이 얼마나 많은지 셀 수도 없을 지경이니까.

그게 이 바닥의 생리라고, 그렇게 생각하고 살아왔지만, 자신들이 당하는 입장이 되자 하루하루 입술이 바짝바짝 말라 왔다.

이유도 모르고 출연이 막혀서 뒤에서 소송하던 소속사 사장의 기분을 알 것 같았다.

"뭐, 과거는 과거일 뿐이지요."

노형진은 싱글거리면서 웃었다.

"아, 그러고 보니 저희 새론 직원들이 실수한 게 있던데."

"실수요?"

혹시나 이번 일에 대해서 말할까 해서 촉각을 곤두세우는 황 이사.

그런데 그런 황 이사에게 들려온 말은 그를 혼란스럽게 하기에 충분했다.

"황 이사님, 이직하실 생각 없습니까?"

"이직요?"

"아무래도 그쪽 가수들이 이쪽으로 넘어오면 총괄할 사람이 필요해서요. 이사 직함은 못 드려도, 총괄 본부장 자리 정도는 드릴 수 있거든요."

"총괄 본부장요?"

"네, 그러니……. 아, 아닙니다. 생각해 보니 무리겠군요. 없던 일로 합시다."

노형진이 말하다가 말자 황 이사는 입술이 바짝바짝 말랐다.

지금 라손은 침몰하는 배다. 출연도, 행사도 막혀 있는 상황에서 누가 그들을 불러 준단 말인가?

게다가 커다란 덩치 탓에 유지비도 많이 드는데 그 돈이 나올 곳이 없다.

그러니 노형진이 하는 말이 참으로 군침 도는 요청일 수밖에 없었다.

"아니, 계속 말씀해 주세요."

"아니에요. 괜히 말씀드렸네요. 저희가 그 정도 성장하려면 몇 년 더 있어야 하니……."

"네?"

"아시다시피 다른 가수들은 계약이 끝나야 저희 쪽에 오기로 하지 않았습니까? 그러면 관리할 인원이 부족하니까요. 그런데 아시다시피 대룡은 거대한 규모이기는 해도 경험자가 없지 않습니까? 아무래도 자격 조건도 까다롭고……."

"자격 조건?"

"대룡이 제일 높이 사는 가치가 상생과 바름 아닙니까, 하하하. 그런데 이 바닥에는 생양아치가 참 많더라고요."

그건 부정할 수 없는 사실이다.

황 이사 역시 그걸 누구보다 잘 알고 있었다.

"그래도 사실, 뭐 사업하다 보면 어느 정도는 눈감아 줄 수 있는데 말이지요."

나지막하게 말하는 노형진.

이미 탐욕으로 눈알을 번들거리는 황 이사를 보면서 마치 최면을 걸듯이 느긋하게 말하는 노형진.

"그런데 아무래도 이사님을 스카우트하려면 3년은 더 있어야 하지 않겠습니까? 그래야 가수들이 계약이 끝나서 저희 쪽에 올 수 있으니까요. 아, 혹시 모르죠, 갑자기 가수들

이것이 법이다

이 계약이 해지되어서 프리로 모조리 튀어나올지? 하지만 그럴 일이 얼마나 있겠습니까, 하하하하."

황 이사의 눈빛은 어느 때보다 흔들리고 있었다.

⚖️

"여보, 안 자요?"

"응, 먼저 자."

자신의 아파트에 온 황 이사는 서재에서 몇 번이고 노형진과의 대화 녹음을 반복해서 들었다.

약점을 잡을 만한 건 없었다.

하지만 한 가지 생각만 계속 맴돌았다. 스카우트라는 말.

'이런 씨발.'

다른 매니저들이 그 소리를 들었다고 했을 때 배신한다면서 분노했던 그다.

하지만 당사자가 되고 나니 입장이 또 다르다.

더군다나 두 배의 조건이 붙은 것도 아니지만, 당장 기업이 망해 가는 상황이니…….

'하아…… 씨발.'

그도 이 바닥에서 잔뼈가 굵은 사람이다. 그러니 지금 상황이 얼마나 안 좋은지 알고 있다.

만일 이겨 내지 못한다면 이직해야 하는데, 대룡과 척을

지고 있던 라손에 있었다는 것만으로 아무도 데려가려고 하지 않을 거라는 것도 알고 있고 말이다.

하급 직원도 아니고 이사급인데 누가 그를 데려가겠는가?

거기에다가 어지간한 사람들에게는 다 스카우트 제의가 들어갔으니, 그렇지 못한 사람들은 능력이 없어 버려졌다는 느낌이 강할 것이다.

'그렇다면……'

어쩌면 지금이 마지막 기회일지도 모른다.

그런데 그 기회를 잡기 위해서는 3년이나 기다려 한다니.

—그런데 아무래도 이사님을 스카우트하려면 3년은 더 있어야 하지 않겠습니까? 그래야 가수들이 계약이 끝나서 저희 쪽에 올 수 있으니까요. 아, 혹시 모르죠, 갑자기 가수들이 계약이 해지되어서 프리로 모조리 튀어나올지? 하지만 그럴 일이 얼마나 있겠습니까, 하하하하.

핸드폰에서 녹음된 노형진의 목소리가 계속 흘러나오고 있었고, 그는 그 말이 마치 자신에게 용기를 주는 것 같았다.

'아니지. 용기가 아니라 최후통첩이겠지.'

그는 입술을 깨물었다. 그리고 플레이되던 녹음 파일을 끄고 어디론가 전화했다.

"김 과장, 날세. 매니저들 다 집합시켜. 시간? 어차피 애들 활동할 때면 이 시간에도 다들 움직이던 거 아니었어? 잔말 말고 모이라고 해. 한 명도 빠짐없이."

그는 전화를 끊고 입술을 지그시 깨물었다.

⚖️

"예상한 거야?"

"예상한 게 아니라 그렇게 되도록 한 거야."

황 이사는 대대적으로 배신을 때렸다.

회사 내부의 기밀 정보에 접근할 수 있는 직급에 있었던 그는 그렇게 얻은 정보로 사장과 거래를 했다.

이걸 공개할 것이냐, 아니면 우리를 놔줄 것이냐.

김세무는 당황했지만 저항할 수가 없었다.

수많은 뇌물 기록과 접대 기록, 그 외에 횡령한 내역 등등이 공개되면 자신의 인생은 끝이었기 때문이다.

"황 이사의 입장에서는 침몰하는 배에 남아 있고 싶지 않았겠지."

황 이사는 기밀을 가지고 매니저들과 협상했다.

정확하게는, 매니저들이 데리고 있는 가수들과 협상했다고 봐야 할 것이다.

황 이사는 계약을 뒤집을 수 있는 결정적인 증거를 쥐고 있었고, 가수들과 매니저들은 당장이라도 라손을 벗어나 대롱으로 가고 싶어 했다.

"이런 소송은 평소라면 못해도 2년, 보통은 3년 정도 걸리겠지만 말이지."

회사 입장에서는 최대한 소송을 길게 끌면서 출연을 막음으로써 상대방에게 최대한의 타격을 주려고 할 것이다.

하지만 이미 출연은 막혀 있는 상황이니 가수들은 소송을 거리낄 리 없었고, 더군다나 증거까지 가지고 나왔으니 재판은 단시일 내에 끝날 수밖에 없었다.

"아마 6개월 이내에 모든 소송이 종료될 거야."

계약은 해지될 테고 라손이라는 곳은 그대로 사라지게 될 것이다.

"혹시나 다시 일어나지는 않을까?"

"충분히 그럴 가능성도 있지. 하지만 그런다고 해서 라손이라는 곳이 다시 과거의 성세를 찾을 가능성은 제로라고 보면 돼."

기존에 있던 사람들이 모조리 다 나갔다. 더군다나 이미지 역시 시궁창에 처박혔다.

다른 걸 다 떠나서, 대룡과 척을 졌다는 것은 누구나 다 아는 사실이다.

"기존의 연예인들은 대룡과 싸울 각오를 하면서까지 그곳에 가지는 않겠지. 물론 한두 개 정도 개별 팀을 자기들이 키울 수는 있겠지만."

그렇게 말한 노형진은 씩 웃었다.

"그들이 1등 하게 도와준다면 참으로 고마워할 거야. 그치?"

"잔인한 놈."

그들이 새로운 가수를 키워 봐야 1등 하는 순간 다시 과거의 악몽이 시작될 것이다.

설사 그들이 작업하지 않았다고 해도 색안경을 끼고 볼 테니, 계약 기간이 끝나기 무섭게 소속 가수들은 다른 곳으로 가려고 할 것이다.

"라손은 이제 쓰러졌다고 보면 돼."

"참 안타깝네. 그래도 나름 규모가 있는 곳이었는데."

손채림은 입을 쩝쩝 다시면서 말했다.

하지만 노형진은 코웃음을 쳤다.

"인과응보야."

그들이 지금까지 그렇게 다른 사람들을 처절하게 밟지 않았다면, 노형진이 이렇게 독하게 손쓰지도 않았을 것이다.

하지만 그들은 자신들의 돈벌이에 방해된다는 이유로 자신보다 작은 소속사나 가수를 가차 없이 밟아 왔다. 그러니 그걸 돌려받는 것뿐이다.

"만일 그들이 이런 조작을 하지 않고 정상적으로 운영했다면 사람들은 어떻게 했을까?"

"아마도 그들의 말을 믿어 줬겠지."

그리고 이 사건이 조작되었다고 생각할 것이다.

물론 순위에서 빠지는 건 피할 수 없었을 가능성이 크지만, 아예 출연 금지가 떨어지는 일은 벌어지지 않았을 것이다.

"결국 자신들이 해 온 대로, 그대로 돌려받은 것뿐이야. 그런 건 불쌍하다고 하는 게 아니라 당연하다고 해야 맞는 거지."

"당연하다라……."

손채림이 그렇게 중얼거리는 그때, 그 당연한 일을 당하는 사람이 한 명이 있었다.

벌컥벌컥.

김세무는 비싼 양주를 안주도 없이 그냥 병째로 들이켜고 있었다.

텅 비어 버린 사무실. 그 안에서 그는 반쯤 폐인이 되어 가고 있었다.

"크으."

그는 턱으로 흘러내리는 술을 닦아 내면서 이를 갈았다.

"개새끼들."

계약관계 부존재 확인소송이 수십 건이나 걸렸다.

이대로는 망할 수밖에 없는 처지인지라 다른 매니저들에게 읍소도 해 보고 애원도 해 보고 겁도 줘 봤지만, 소용이 없었다.

결정적으로 황 이사가 가지고 나간 비밀들은 라손에 치명적인 약점이었고, 변호사들조차 이 상황에서는 이길 수 없다고 말했다.

"씨발."

벌게진 눈으로 다시 술을 입으로 들이붓는 김세무.

그런 그의 뒤에서 빈정거리는 목소리가 들려왔다.

"아주 팔자가 늘어지셨어."

술을 마시기 위해서 들어 올리던 그의 고개가 그대로 굳어 버렸다.

"우리 돈 까먹고, 아주 신났구먼."

김세무는 부들부들 떨면서 고개를 돌렸다.

정장을 입은 남자들이 자신을 무서운 시선으로 바라보고 있었다.

"김 사장, 이러면 곤란하지. 그 술도 우리 돈으로 산 거 아니야?"

반백의 머리카락을 가진 남자는 웃고 있었다.

하지만 그 말은 절대로 웃으면서 들을 수 있는 게 아니었다.

"회, 회장님, 이건…… 아니, 이건 제 돈으로……."

김세무의 눈이 어느 때보다 커졌다.

지금까지 몇 번이나 들이켠 도수 강한 양주도 그의 정신이 깨어나는 것을 막을 수는 없었다.

"그 돈도 결국 우리가 준 돈 아닌가? 안 그래?"

회장이라 불린 남자는 천천히 안으로 들어왔다.

그리고 그 뒤로 검은색 정장을 입은 사람들이 우르르 들어왔다.

"김 사장, 그래서 우리 돈은?"

"그, 그게…….."

"우리는 투자를 한 거지 돈을 날려 먹으라고 준 건 아니잖아?"

그의 목소리는 이루 말할 수 없이 차가웠다.

"우리가 아무리 양지에 나왔다고 해도 지킬 건 지켜야지. 우리 사이에 말이야. 안 그래?"

"회……장님, 조금만 시간을 주시면 충분히 돌려드릴 수 있습니다. 조금만 더 시간을 주십시오! 1년, 아니 3개월만 주시면 다 정상으로……!"

"우리 변호사는 다른 이야기를 하던데?"

절대로 3개월 안에 정상이 될 수 없다.

아니, 3년이 지나도 불가능하다.

그게 전문가들의 말이었다.

돈이 문제가 아니라 기업의 이미지 자체가 박살이 난 상황이니 누구도 오려고 하지 않을 거라는 이야기였다.

"내가 그 말을 차분하게 이야기하고 싶어."

회장이라 불린 남자는 손가락을 까딱했다.

그러자 기다리고 있던 남자 한 명이 그에게 째깍 의자를 가져다 바쳤다.

그 의자에 앉은 회장은 주변을 스윽 둘러보았다.

"이 건물 말이야."

"네?"

"음악을 하는 건물이라서 그런지 방음이 참 잘되어 있는 것 같아. 이 안에서 하는 말은 바깥으로 안 나가는 것 같더라고."

"한 번만 봐주십시오, 회장님! 기회를 주시면 다시 일어날 수 있습니다! 정말입니다!"

"김 사장, 나도 그러고 싶어. 하지만 건드리지 말아야 하는 애들까지 건드리는 건 아니잖아? 김 사장이 이 바닥에서 뜬 지 오래돼서 감이 영 아닌가 봐."

"아닙니다. 진짜로 아닙니다."

그는 무릎을 꿇고 두 손으로 싹싹 빌었다.

하지만 회장이라 불린 남자는 그저 웃을 뿐이었다.

"난 시끄러운 거 싫으니까 문은 닫지?"

"네, 회장님."

뒤에 서 있던 남자가 문을 닫고 아예 잠가 버렸다.

누구도 들어오지도, 나가지도 못하게 만들어 버리기 위해서였다.

"회장님…… 제, 제발……."

김세무는 사력을 다해 빌면서도 누군가 경찰에 신고해 주기를 애타게 기도했다.

하지만 그런 그의 희망은 여지없이 부서져 나갔다.

"직원들이 요즘 일도 없는데 제대로 쉬지도 못하는 것 같아서 다 퇴근시켰어."

사색이 되는 김세무.

그러는 사이 회장은 검은색 가죽 장갑을 끼고 있었고, 뒤에 있던 남자가 그의 손에 흔해 빠진 펜치 하나를 쥐여 주었다.

"방음이 잘되는 곳은 이래서 좋단 말이야."

"회장님! 아닙니다! 전 재기할 수 있습니다! 진짜입니다! 으아아! 한 번만! 제발 한 번만……!"

하지만 남자들은 봐줄 생각이 없는 듯했다.

도망가기 위해서 뒤로 박박 기는 김세무를 강제로 끌고 회장의 앞으로 가서 힘으로 찍어 눌렀다.

그러자 그들에 의해서 자연스럽게 김세무의 오른손이 앞으로 내밀렸다.

"그래도 내가 착한 사람이라."

회장은 김세무가 먹던 독한 양주를 그의 오른손에 들이부었다.

"패혈증 예방 차원에서 소독은 해 줄게. 어느 쪽 손톱부터 할까?"

"안 됩니다, 회장님! 끄아악!"

마침 마지막으로 회사 건물을 벗어나던 직원은 멀리서 들리는 희미한 비명에 부르르 떨었다.

텅 빈 건물에서 울리는 비명만큼 사람을 두렵게 하는 건 없었다.

  그는 마치 못 들을 소리를 들은 것처럼 귀를 막고 황급하게 그곳을 떠나갔다.

나도 모르는 내 연애 이야기

"피해! 피해!"

"의무병 불러!"

"아, 진짜 잘한다며!"

"넌 플토를 저그처럼 운영하는 새끼가 어디 있어!"

PC방.

모든 남자들이 한 번은 거쳐 가는 공간이며, 남자들이 모이면 당구장과 함께 한 번은 몰려가는 곳.

그곳에서 노형진은 미친 듯이 스타에 몰입하고 있었다.

"으악! 졌잖아!"

결국 패배한 친구는 머리를 부여잡고 절규했고, 패배의 원인이 된 노형진은 미안한 듯 고개를 스윽 돌렸다.

"잘한다며!"

"잘했지⋯⋯."

"아오! 범생이 변호사를 믿는 게 아니었는데."

"이상하다."

노형진은 당혹스러웠다.

확실히 잘했다, 물론 회귀 전이지만.

"전에는 이렇게 해서 이겼는데."

"도대체 몇 년 전 패치인데? 응?"

"응? 그⋯⋯ 글쎄?"

"으아! 넌 스타 좀 한다는 놈이 그것도 모르냐!"

"쩝."

자신이 잘하는 방식으로 했더니, 아무래도 이번 패치에서는 그게 승리의 비법이 아니었던 모양이다.

"자, 패배자들은 3차 술값을 내는 거다."

옆자리에서 고개를 빼꼼 내민 다른 친구들은 씨익 웃었고, 패배한 사람들은 무서운 눈빛으로 노형진을 노려봤다.

"아, 음, 쏘리."

"망할 놈. 믿고 끼워 줬는데."

"그러니까 믿을 놈을 믿어야지. 내가 저 녀석이랑 PC방을 와 본 역사가 없는데 잘할 리가 있나."

노형진은 머리를 북북 긁었다.

동창회라고 우르르 몰려온 건 좋은데 이렇게 패배할 줄이야.

이것이 법이다

"끝났냐?"

다른 쪽에 있던 여자들이 고개를 빼꼼 내밀면서 물었다.

"이놈이 낼 거다."

노형진의 어깨에 손을 턱 올리는 친구들.

"알았다, 알았어."

약속은 약속이니 툴툴거리면서도 수긍하는 노형진.

"도대체가 말이야, 여자들을 데리고 PC방에 오는 놈들이 어디에 있어?"

"여자? 여자가 어디 있는데?"

"콱!"

"동창일 뿐, 여자는 아니잖아?"

"뭐? 우리 중학교 남중 아니었어?"

"이것들이 맞으려고."

여자들이 주먹을 흔들자 낄낄거리는 남자들.

"자, 가자. 3차는 내 돈 아니니 비싼 거 먹자. 그게 목적 아니었어?"

"우우."

저마다 지갑을 확인하면서 눈물을 흘리는 친구들.

노형진은 머쓱하게 머리를 긁었다.

"안 가?"

다들 가려고 일어나는데 구석에 있던 손채림은 움직일 생각도 하지 않았다.

"야, 안 가? 뭐 재미있는 뉴스라도 터졌어?"

"잠깐만."

그녀는 뭔가 확인하려는 듯 몇 번이고 새로 고침하면서 컴퓨터를 확인했다.

다른 사람들이 PC방비를 계산하고 나서야 뒤를 따라 나왔다.

"왜 그래?"

"뭐 재미있는 뉴스라도 떴냐?"

스타를 잘하는 사람들은 그걸 했지만 별로 관심이 없거나 실력이 안 된다고 하는 사람들은 다른 걸 했다.

그리고 손채림은 스타 같은 걸 잘하지 못해서 그냥 웹 서핑을 한다고 했다.

"열애설 떴네?"

"오, 누구누구?"

"형진이."

"오, 형진이? 응? 그게 누구지? 가수? 배우?"

"형진아, 너랑 이름이 똑같은데, 아는 사람 있냐?"

노형진은 피식 웃으면서 친구의 머리를 꽁 하고 쥐어박았다.

"야, 내가 어떻게 알아? 동명이인이 한두 명도 아니고."

그러나 손채림은 의심스러운 눈빛으로 노형진을 바라보고 있었다.

"어, 왜? 뭔데, 뭔데?"

"변호사 노형진이라는데?"

"엥? 나?"

"헐?"

"할 말 없냐?"

노형진은 어지간한 일로는 자신이 당황할 일이 없을 거라 생각했다. 그런데 뜬금없이 열애설이라니?

"헐? 채림이 차인 거야?"

눈치 없는 한 놈이 헛소리했다가 다른 누군가의 공격에 입을 다물었다.

"어."

다들 당황한 눈치였다.

하지만 그중 가장 당황한 건 다름 아닌 노형진이었다.

"열애설이라니? 누구랑?"

"전안나라고, 모델인데?"

"걘 누군데?"

"몰라?"

"알면 내가 당황하겠냐? 이름도 들어 본 적이 없구먼."

"걔 유명한 사람 아냐? 재작년 슈퍼모델인가 그렇잖아."

누군가 안다는 듯 말했다.

그리고 요즘 연예계로 가려고 한다는 소식도 알려 줬다.

"너 진짜 몰라?"

"모른다니까. 그 사람이 누군지 알지도 못하는데 무슨 열애야?"

"야, 동명이인 아냐?"

"그럴 리 없지."

노형진이 알기로는 변호사 중에서 노형진이라는 이름을 가지고 있는 것은 자신뿐이다.

"하지만 보통 뉴스는 노 모 씨, 그렇게 나오지 않나?"

"씨발, 노 모 씨라고 하지 마."

왠지 야한 성이 되어 버린 노형진은 눈을 찌푸리면서 핸드폰을 꺼내 들었다. 일단은 상황을 알아야 하기 때문이다.

당사자도 모르는 연애라니, 이 무슨 어이없는 일이란 말인가?

"대형 S로펌에 일하는 20대 변호사 N 모 씨와의 불타는 사랑이란다."

그런 노형진보다 더 빠르게 찾아서 읽어 주는 친구들.

이게 도와주는 건지 웬수인 건지는 모르겠지만, 노형진은 그의 핸드폰을 잽싸게 빼앗아서 기사를 읽어 봤다.

"허어?"

S로펌이면 새론이고, 거기에 N씨라고 하면 노씨 성을 뜻한다. 그리고 20대 변호사 중에서 노씨는 자신뿐이다.

"이건 뭐, 엿 먹으라는 거야, 뭐야?"

"노 변호사님, 할 말 없습니까?"

손채림은 취재하는 기자의 자세로 물었고, 노형진은 다급하게 두 손을 흔들었다.

"난 몰라. 뭔 열애설이야. 열애는커녕, 잠잘 시간이나 있으면 좋겠다."

"그건 인정."

"헐, 그냥 이게 끝?"

손채림이 쿨하게 인정해 버리자 다들 어리둥절했다.

"아니, 열애설이라잖아! 그런데 인정이라니? 그게 끝이야?"

"우리는 같이 일하잖아."

"그렇지."

"매일같이 보는데, 열애 같은 게 터질 만한 틈이 없지."

"하지만 쉬는 날 보거나……."

"쉬는 날에 보기는, 무슨. 쉬는 날이 있기나 했으면 좋겠다."

"하지만……."

다들 살짝 눈치를 봤다.

그럴 수밖에 없는 게, 그 증거로 나온 사진에 호텔에서 나오는 노형진과 전안나의 모습이 찍혀 있었기 때문이다.

"어?"

그리고 사진을 확인한 노형진은 어이가 없었다.

"이거 가야 호텔 아냐?"

"응? 알아? 기억난 거야?"

"알지, 의뢰인을 만나러 간 건데. 그때 채림이도 있었어."

손채림도 고개를 끄덕거렸다.

의뢰인이 보안 문제로 찾아올 수 없다고 해서 가야 호텔에

가서 그를 만나고 왔던 적이 있다.

　복장도 그렇고 대충 시간을 봐도 그렇고, 그날 찍혔을 가능성이 높다.

　"형진이 나오고 바로 뒤에 내가 따라 나왔지."

　"뭐야? 그러면 열애설은?"

　"개소리지."

　어깨를 으쓱하는 손채림.

　처음부터 알고 있었다. 다만 장난스럽게 캐물은 것뿐이고, 노형진은 열애설에 당황할 수밖에 없었다.

　"그러면 전안나는? 같이 찍혀 있잖아."

　"이 사람이 전안나야?"

　"몰라?"

　"너 방금 우리 지나간 여자 아냐?"

　"아, 모르지."

　만일 노형진이 전안나라는 여자를 알았다면 나가던 그녀를 알아봤을지도 모른다. 그러나 노형진은 그녀가 누군지도 모르고 관심도 없었다.

　그가 덕질을 하기는 하지만 그건 어디까지나 아이돌을 대상을 하는 것이지, 모델같이 전혀 엉뚱한 쪽은 아예 모른다.

　더군다나 전안나는 선글라스에 모자를 뒤집어쓰고 목도리까지 하고 있다.

　겨울에는 하등 이상할 게 없는 복장이니 누가 신경이나 쓰겠는가?

"동네 아줌마가 누군지 신경 쓰고 다니는 사람은 없잖아."

"일단 동네 아줌마는 아닌 것 같기는 한데."

하지만 확실한 건, 열애는커녕 누군지도 모른다는 것.

"그걸 어떻게 안 거야?"

"알고 있는 게 아니라 경험이 있어서."

"경험?"

손채림은 고개를 끄덕거렸다.

노형진과 함께한 사건 중 하나는 열애설에 관한 것이었다.

물론 그때는 지금과 좀 다르기는 했다. 그때는 양쪽 다 연예인이었고 한쪽의 목적이 뚜렷했으니까.

"이번에는 상황이 다르잖아?"

"그건 그런데, 일단 기자라는 인간은 잘 안 믿어."

손채림도 그래서 이걸 보고 일단 의심부터 한 것이다.

진실을 알려 주는 게 아니라 자기 좋을 대로 꾸미는 게 기자라는 걸 알고 있으니까.

"음, 어떻게 하지?"

"어떻게 하긴. 야, 여친 좀 불러 봐."

"아놔, 놀리지 마라."

기자들의 헛소리인 게 드러나자 분위기가 풀리면서 친구들은 반쯤 장난삼아 말하기 시작했다.

"여친한테 친구들 좀 불러 달라고 해. 예쁜 여자 불러서 놀자."

"지금 여자들이 있는데 예의 없게 뭐 하는 소리야!"

"우리 학교는 남중이었다니까 그러네."

티격태격하는 친구들을 보면서, 노형진은 겉으로는 웃었찌만 속으로는 이를 박박 갈고 있었다.

'이 새끼들을 어떻게 엿을 먹이지?'

"가짜 뉴스라고요?"

안기부는 늘어지게 기대앉으면서 히죽거렸다.

그는 지난번 공격 때 감옥에 갈 뻔했는데 다행히 새론의 방어로 벌금만 내고 풀려났다.

물론 그 벌금이 적은 건 아니었지만 말이다.

"네. 흔하게 있는 일이지요."

노형진은 언론에 대해서 잘 아는 그를 불러서 지금 상황을 물을 수밖에 없었다.

"아니, 연예인들끼리 서로 짜고 열애설 터트리는 건 이해하겠는데, 이건 뭡니까?"

"맞아요. 나도 그 부분이 이해가 안 가네요."

노형진도 손채림도, 왜 전혀 뜬금없는 두 사람이 엮인 건지 이해가 가지 않았다.

이것이 법이다

"뭐, 간단하게 말해서 기자의 가치가 달라졌다는 게 가장 큰 이유겠네요."

"가치?"

"네. 과거에는 기자라고 하면 펜을 제대로 세운 사람이었습니다."

탐구하고, 진실을 추적하며, 불의와 타협하지 않고 있는 그대로를 전하는 사람들이 기자였다.

하지만 이제는 시대가 바뀌었다. 종이보다 인터넷으로 기사를 보는 사람들이 더 많아지고, 인터넷에서 클릭 수가 더 많은 기사를 쓰는 사람이 더 많은 돈을 받는다.

그런 뉴스에는 광고가 붙고, 그 돈은 언론사로 간다.

"연예계 쪽은 질 안 좋은 기자들이 적지 않아요. 그런 놈들의 목적은 돈뿐이지요."

"하지만 전안나 씨는?"

"그러니까 전안나 씨는 이번 사건과 관련이 없다니까요."

전안나 같은 경우는 연기자가 되기 위해서 노력하고 있다. 당연히 이슈를 타서 이름을 알리면 유리할 수도 있다.

"하지만 노형진 변호사는 그런 메리트도 없지요."

"네?"

"이름은 상대적인 거니까요."

"하긴."

노형진은 변호사치고는 그래도 알려져 있지만 그렇다고

해서 누구나 다 아는 건 아니다.

　방송에 출연한 적도 있지만 그건 아주 잠깐이었고, 그 이후에 언플도 잠깐 했지만 유명해질 정도는 아니다.

　그래서 법조계 사람은 알아도 일반인은 잘 모른다.

　"전안나 씨 입장에서는, 열애설이 터지려면 차라리 유명한 연예인이랑 터지는 게 더 유리하죠."

　그 부분까지는 이해가 간다. 그러니 전안나가 터트리려고 한 건 아니라는 뜻이다.

　그렇다면 기자가 한 거라는 건데.

　"그러니까 왜 나를 노리는 거냐는 겁니다, 내 말은."

　노형진은 이해가 가지 않았다.

　"이 뉴스 보셨어요? 내가 잠적했답니다, 잠적. 장난해요?"

　어이가 없어서 무시하려고 했더니 후속 보도가 나왔다.

　그런데 그 내용이 기가 막혀서 말이 안 나오는 것이었다.

　몰려드는 관심에 노형진이 잠적했단다.

　멀쩡하게 출근한 사람이 한순간 잠적한 사람이 된 것이다.

　이유는 단 하나, 건물 안에는 기자들이 출입 금지라서.

　그런데 그건 새삼스러운 것도 아니었다. 전부터 기자들은 건물 출입 금지였다.

　"이런 사건에서 핵심은 전안나 씨나 노 변호사님이 아니에요. 돈이지."

　"돈? 뭔 돈요?"

"광고비."

"에, 광고비요?"

"네."

전안나는 요즘 적극적으로 방송 활동을 하면서 이슈를 끌고 있는 여자다. 그런 데 반해 아직 방송계에는 힘이 없다.

이제 연기자로 전향하려고 하는 중이니까, 이름은 있지만 힘은 없다.

반대로 노형진, 그는 아주 유명하지는 않지만 미래가 창창한 변호사다.

과거 방송에도 나왔고, 법조계에서는 제법 이름이 알려져 있다.

"그러니 스캔들이 터지면 뭐, 클릭을 유도할 수 있지요."

"허얼?"

그러니까 말도 안 되는 헛소리로 클릭을 유도해서 광고비를 벌고 있다는 것이다.

"이런 말 들어 보셨어요?"

"어떤 말요?"

"누구누구 숨 쉰 채로 발견."

"엥?"

묘한 말이다. 숨 쉰 채로 발견이라니?

숨을 안 쉬면 죽는 게 사람이니 당연히 숨을 쉬어야 하는데, 그걸 발견했다니.

"그게 뭔 소리입니까?"

"일종의 인터넷 농담입니다. 자극적이고 얼핏 보면 그럴듯한 걸 터트려서 클릭을 유도하고 광고비나 받아 챙기는 거죠."

"헐."

"시대가 바뀌었다니까요."

과거에 광고비의 기준은 신문이 몇 부 나가느냐에 따라서 달라졌다. 그래서 신문사들이 경품까지 줘 가면서 신문 구독자를 늘리려고 애쓴 것이다.

실제로 신문사들이 만드는 신문은 판매 부수보다 더 많다.

말로는 여유분이라고 하지만, 사실 여유라기보다는 부수를 늘리려고 하는 일종의 꼼수다.

"그런데 시대가 바뀌었습니다. 인터넷은 광고를 신문 부수로 따질 수가 없게 되었지요."

그래서 그 대신에 클릭을 결정한다는 것이다.

그런데 클릭 수는 자동으로 집계되기 때문에 전처럼 부수를 늘리는 방식으로는 광고비를 올리지 못한다.

그래서 쓰기 시작한 방법이 바로 신문의 자극적 소재화다.

"충격이니 속보니 단독이니 같은 표현을 많이 쓰는 이유가 그런 겁니다."

"음."

노형진은 짜증이 나기 시작했다.

"하긴 요즘 그런 게 많기는 하다."

"그래?"

"나도 몇 번이나 봤는걸. 그냥 제목만 자극적으로 뽑아내고 내용은 형편없는 경우가 많아."

속보니 단독이니 하는 것은 애교에 가깝다.

'숨 쉰 채 발견'이라는 말처럼 '누구누구 사망'이라고 쓴 제목을 확인해 보니 영화에서 죽었다거나 '누구누구 불륜'이라고 되어 있어서 봤더니 그런 드라마에 출연한다거나 하는 식이었다.

"사실 이런 문제는 심각하죠. 연예계 쪽 뉴스만의 문제가 아니라서요."

"알고 있습니다. 기자들의 질적 하락이 심각하죠."

"심각?"

안기부는 피식 웃었다.

"기자라고 부를 수나 있으면 다행이지요. 연예 쪽이야 이해라도 하는데, 정치 쪽은 더하면 더했지 결코 덜하지 않아요. 이권과 결탁해서 꼬리 치는데……."

"알죠."

모 정치인이 자장면이 맛있다고 하면 '모 정치인 짬뽕 맛없다 파문'으로 기사 뽑는 게 현재 기자들의 수준이다.

'그리고 이게 결국 나중에 크게 터지지.'

시대가 바뀌면서 독자가 스스로 콘텐츠를 생산하는 시대가 되었는데도 기자들은 그건 생각도 안 하고 너희들은 내가 생각하는 대로 생각하라는 식으로 움직였다.

과거에는 독자들의 학력이 낮아서 기자들의 논조를 많이 따라갔기 때문이다.

그러나 지금은 독자들의 수준도 높아졌고 쌍방향 소통 시대로, 독자 스스로 콘텐츠를 만들어 내고 있다.

'정작 기자들은 그걸 받아들이지 않고 있지만.'

그러니 그들의 논조가 안 먹히고 자연스럽게 그들의 권력이 약해졌다.

그걸 인정할 수 없는 기자들은 자기 논조를 따르지 않는 사람들을 무식쟁이나 개돼지로 취급하면서 자기들만의 성을 공고하게 하려고 했다.

그들의 선민의식은 어마어마해서, 그들이 생각하는 일반인이란 그냥 생각 없이 움직이는 노예 정도였다.

"아직 인터넷 뉴스는 그럭저럭 괜찮지만……."

안기부는 어깨를 으쓱했다.

"얼마나 버틸지 모르죠. 한번 돈맛을 보면 버티는 사람은 그다지 많지 않거든요."

노형진은 수긍할 수밖에 없었다.

미래에 진보 정권이 들어섰을 때 아이러니하게도 그 진보 정권을 가장 악랄하게 물어뜯었던 존재는 진보 언론, 아니 진보 언론이라 생각하던 곳들이었다.

그들은 당장이라도 나라가 망할 것처럼 굴면서 정부를 뒤집어야 한다고 외쳤다.

"어쩔 수가 없어요. 지금 제대로 된 기자들은 얼마 안 남았으니까."

어깨를 으쓱하는 안기부.

"나만 해도 걸려 있는 소송이 4억이 넘는데."

기자들을 길들이는 방법은 간단했다.

무차별적인 소송과 돈.

이미 재판부는 권력자들의 손에 넘어갔다. 그러니 소송을 통해서 수억에서 수십억대의 손해배상을 요구하고 그들의 전 재산을 압류하는 것과 동시에, 기업들이 돈을 통해서 그들을 길들이기 시작한 것이다.

그러자 진짜 기자들은 버티지 못하고 쓰러졌고, 썩을 대로 썩은 놈들만 남아 기자 행세를 했다.

그럼에도 불구하고 사명감을 버리지 않은 기자들은 해고되었다.

"사명감이라고는 엿하고 바꿔 먹은 놈들이 기자 노릇을 하고 있으니 정상적인 탐사 보도가 이루어질 리 없죠."

"음."

탐사 보도란 어떤 주제를 정해서 그걸 조사하면서 그 내면을 파고드는 것이다.

그런데 지금은 광고만을 바라면서 자극적인 뉴스만 내보내지, 전문 탐사 보도를 하는 기자는 극히 드물다.

"그러면 이걸 어떻게 해야 하나요?"

손채림이 걱정스러운 표정으로 말했다.

"그냥 둬요."

"에?"

그런데 안기부의 말은 생각하고 좀 달랐다.

소송이라도 하라고 할 줄 알았는데 그냥 두라니?

"그냥 적당히 부정하고 놔둬요."

"아니, 왜요? 같은 기자라고 편들어 주는 겁니까?"

노형진이 발끈하자 안기부는 콧방귀를 뀌었다.

"같은 기자라서가 아니라, 그 새끼들의 속성을 너무 잘 아니까 하는 말입니다. 그리고 같은 기자 취급하지 마요, 난 그런 놈들하고 급이 다른 몸이니. 난 총수라고요, 총수."

"속성요?"

"그놈들이 그런 뉴스 한두 건 터트린 줄 알아요?"

"음?"

"본 적도 없는 커플이 연인이 된 게 한두 번이 아니죠."

확실히 그랬다.

많은 기자들이 열애설은 하루가 멀다 하고 터트리는데, 그중에 다수는 서로 본 적도 없다고 하고 그만이었다.

"어째서요?"

"권력자라니까요."

그냥 부정하는 정도는 나쁘지 않다.

그런데 그 부정을 넘어서 자신에게 저항하거나 반항한다고 생각하면 파묻으려고 덤빈다는 것이다.

"박멸할 수 있으면 얼마나 좋겠습니까마는."

박멸이 안 된다. 그래서 그냥 두는 것이다.

소송해 봐야 그들을 어떻게 처리할 수 있는 방법이 없다.

"나도 없앨 방법이 있으면 좋겠습니다."

안기부는 어깨를 으쓱했다.

"알겠습니다."

노형진은 고개를 끄덕거리는 것 말고는 별 뾰족한 방법이 없었다.

사실 노형진은 그들에게 신경을 쓰지도 않았다.

그냥 아니라고 하면 시간이 지나면 잊힌다.

한 달도 안 되어서 이번 사건에 대해서 기억하는 사람은 더 이상 남아 있지 않을 것이다.

그는 그렇게 생각했다.

그리고 불행히도 그게 자신의 오판이라는 것을 아는 데에는 그리 오래 걸리지 않았다.

⚖️

"이것들이 보자 보자 하니까."

노형진은 분노로 파르르 떨었다.

오늘 뉴스는 그의 분노를 자극하고도 남는 것이었다.

전안나, 사랑이 아닌 돈이었나?
모델계의 스폰서, 베일을 벗다
충격! 비밀에 감춰진 스폰서! 그는 누구인가?

이게 오늘의 제목들이다.
그리고 누가 봐도 말도 안 되는 개소리다.
"이것들이 단체로 미쳤나?"
노형진이 분노하는 것은 다름 아닌 스폰이라는 말 때문이었다.
교묘하게 전안나가 스폰을 받은 것처럼 제목을 뽑았지만, 그 내용을 보면 전에 사귄다고 했던 사람이 진짜 연인이 아니라 스폰이라는 식으로 써 놨던 것이다.
그리고 여기서 전에 만난다고 열애설이 터진 사람은 다름 아닌 노형진이었다.
"회당 5천이라. 미쳤구나."
거기에다, 어디서 나왔는지 만남의 조건이 회당 5천이라는 말도 안 되는 돈까지 붙어 버렸다.
"이거 그냥 둘 거야?"
손채림도 어이가 없어서 신문을 마구 흔들어 댔다.
그런데 노형진의 책상 위에 쌓여 있는 신문은 한두 개가 아니었다. 여러 종류의 신문들이 모조리 같은 내용을 다루고 있었다.

심지어, 컴퓨터에는 여러 신문사 홈페이지가 떠 있었는데 그곳에도 같은 이야기가 쓰여 있었다.

"하아, 씨발. 이거 진짜 그냥 둘 수도 없고."

뉴스에 노형진의 사진까지 떡하니 박아서 열애설을 터트린 지 채 한 달도 안 지났다.

그런데 열애가 아니라 스폰이라고 하면서 물어뜯으면, 보는 사람의 입장에서는 어떻게 받아들이겠는가?

더군다나 노형진은 연예계에 한 발 디디고 있는 사람이다.

"이 새끼들을 증말."

노형진이 이를 박박 갈면서 기자 놈들에게 어떻게 엿을 먹이나 생각하고 있을 때, 그의 전화기가 요란한 소리를 내면서 울렸다.

노형진은 발신자를 확인하고는 한숨을 쉬었다. 대룡엔터테인먼트의 박상규 상무였다.

"여보세요."

일이 이렇게 커졌으니 연락이 오겠구나 했지만 생각보다 더 빨랐다.

―노 변호사님?

"네, 접니다. 그 일 때문에 전화하신 거죠?"

―네. 아무래도 작은 일은 아니니까요.

"일단은 전 억울합니다."

─압니다. 제가 전화드린 건, 그 일 때문이기도 하지만 그와 관련된 더 큰 일 때문이기도 합니다.

"더 큰 일?"

─네. 전화상으로 말씀드리기 그러니 일단 와 주세요.

"알겠습니다."

노형진은 더 이상 길게 이야기하지 않고 일단 통화를 끝냈다.

박상규 상무는 능력이 있는 사람이다. 그런 그가 이렇게 조심스럽다는 건, 자신이 모르는 뭔가가 있다는 뜻이다.

"뭔 일 터졌대?"

"그런가 봐."

노형진의 말에 손채림은 약간은 당황스러운 표정이 되었다.

지금 상황도 충분히 안 좋다.

물론 직접적인 공격은 아니지만 분위기도 상당히 안 좋고 평판도 떨어질 수 있는 일이다.

그런데 또 다른 일이라니?

"내가 모르는 일이 있나 본데?"

아무리 스폰이라는 것이 좋지 않은 이미지라고 하지만 박상규가 아침부터 이렇게 은밀하게 전화를 할 만한 일은 아니다.

"일단은 가 보자."

노형진은 외투를 집어 들면서 자리에서 일어났다.

"보복요?"

노형진과 손채림이 박상규를 만났을 때 들은 말은 그들의 상상을 뛰어넘은 것이었다.

"지금 나한테 보복을 하고 있다는 겁니까?"

"네."

"아니, 왜요?"

자신이 무슨 잘못을 했다고 보복을 한단 말인가?

노형진은 기자들과 그다지 원한을 가질 만한 일 자체가 없었다. 그런데 보복?

"원래 때린 사람은 기억 못 해도 맞은 사람은 기억한다고 하지 않습니까?"

"그건 그런데요, 아무리 그래도 때린 건 기억 못 해도 상황은 기억할 거 아닙니까? 하지만 전 아무 기억이 없는데요."

노형진이 바보도 아니고, 기자들과 그렇게 대립각을 세울 만한 사건을 기억 못 할 리 없다. 그런데 뜬금없이 보복이라니?

"기억 못 하실 수도 있지요. 직접적으로 건드리신 게 아니라 간접적으로 하신 거니까요."

"간접적으로요?"

"대룡엔터테인먼트와 엔터테인먼트조합의 태생에 관한 일이거든요."

"에?"

"모르시는 것 같으니 바로 말씀드리겠습니다. 접대를 받는 사람들이 국회의원만 있는 건 아니지 않습니까?"

노형진은 살짝 눈을 찌푸렸다.

그 말을 듣는 순간 대략적으로 상황이 이해가 가기 시작했다.

손채림도 바로 눈치채고는 되물었다.

"그러니까 기자들이, 접대를 받지 못하게 된 걸 보복하는 거라고요?"

"네."

박상규는 고개를 끄덕거렸다.

"어떻게 보면 그들이 정치인보다 훨씬 파워가 강하거든요."

"강하다고요?"

"정치인은 망하게 할 수 있지만, 뜨는 건 연예 기자들의 힘이 강하니까요."

"설마?"

"네. 과거에는 기자들에 대한 접대가 흔했지요."

단순히 돈을 주는 경우도 있었지만 연예인 지망생을 데려다 안겨 주는 경우도 있었다.

데뷔 후에 유명해지면 그 대상이 국회의원이나 사업가로 변하지만, 데뷔 전이나 무명 시절이라면 기자들이나 편집장들이 주요 로비의 대상이 된다는 것이다.

일단 떠야 하니까.

"그러면 절 좋게 보지 못하겠군요."

"네."

노형진이 대룡엔터테인먼트를 만들고 엔터테인먼트조합을 만들 때 절대 금지한 것이 바로 로비나 접대다.

그래도 상황에 따라서 금전적 로비는 그냥 모른 척하는 경우도 있지만, 성을 이용한 성 접대는 절대로 허용하지 않았다.

"그래서 기자들 사이에서 노 변호사님에 대한 불만이 많았습니다."

"이런 미친 새끼들을 봤나?"

그러니까, 그동안 접대를 받아 왔는데 노형진이 시스템을 바꾸면서 그게 불가능해지자 불만이 심해졌다는 것이다.

"더군다나 인터넷 방송국 문제도 있고요."

"그건 또 왜요? 아니, 인터넷 방송국이 기자랑 무슨 관계가 있다고요?"

손채림은 어이가 없었다.

걸려고 거는 건지 아니면 진짜 문제가 있는 건지, 이해가 가지 않았던 것이다.

"아까 말씀드렸지요, 과거에는 뜨는 건 기자들의 능력이었다고."

기자들이 인기 있다고 밀어주면 뜨고, 아무리 실력이 있어도 안 밀어주면 그냥 묻혀 버린다.

상황이 이렇다 보니 실력은 있는데 기회를 잡지 못하는 가수들이 안쓰러워서 노형진이 만든 것이 바로 인터넷 방송국이다.

"제가 그게 싫어서 이런 시스템을 만든 거 아닙니까?"

"압니다. 그런데 인터넷 방송국은 안 그래도 약해져 가는 그들의 권력에 막타를 친 셈이라서요."

"아아."

무명 가수들은 얼굴이 알려지지 않으니 유명해질 수가 없다. 그래서 기자들은 그걸 알릴 수 있는 힘을 무기 삼아서 휘둘렀다.

하지만 인터넷 방송국은 그렇지 않다.

랭크전을 통해서, 오로지 실력과 상품성으로만 승부한다.

설사 우승하지 못한다고 해도 한 지역 또는 한 학교가 통째로 팬덤이 되기 때문에 다시 일어날 수 있는 기회도 있다.

"그러니까 내가 자기들이 아닌 다른 통로로 성공할 수는 시스템을 만든 것에 대해서 불만이 심하다 이거군요."

"아주 심합니다."

결과적으로 인간의 삶은 대부분 이권과 연결된다.

쓰면 뱉고 달면 삼키는 게 인간이다.

그동안 소위 말하는 꿀을 빨아 오던 기자들의 입장에서는 자기 이권을 털어 간 노형진이 좋게 보일 수가 없었을 것이다.

"그러니까 기회가 왔으니 물어뜯겠다 이건가요?"

노형진은 가소롭다는 듯 말했다.

안 그래도 밉보였는데 이참에 물어뜯어서 나락으로 떨어 트리겠다?

"대룡은 건드릴 수가 없으니까요."

대룡은 성화와의 싸움에서 무섭게 성장했다. 그리고 그들은 여기저기에 광고한다.

광고주들에게 충성하는 언론의 특성상, 대룡을 건드린다는 건 엄두도 내지 못할 일인 셈이다.

"하지만 난 만만하다 이거군요."

노형진은 공식적으로 상당한 재산이 있고 능력이 있는 젊은 변호사일 뿐이다.

"결정적으로 최근에 끝난 라손 문제로 인해서 내부적으로 노 변호사님에 대한 논의가 있었던 모양입니다."

"라손?"

라손이면 바로 얼마 전에 싸운 놈들이다. 그리고 이제는 망해 가는 곳이다.

라손의 사장은 아예 잠적했는지, 보이지도 않는 상황.

"그놈들은 왜요?"

"제법 시끄럽지 않았습니까?"

그동안 대룡의, 그리고 노형진의 파워는 조합 내부에서만 발휘된다고 생각되어 왔다.

그런데 이번에, 한국 연예계 서열 3위의 기업을 한순간에 날려 버렸다.

물론 비밀리에 벌어진 일이지만 그들이 대룡과 노형진에게 척을 진 것은 누구나 다 아는 사실이었다.

"사실 그런 건 그동안 언론사와 기자들의 힘이었지요."

　그런데 그걸 노형진이 깨 버렸다.

　명실상부하게, 연예계에서 엄청난 파워를 자랑하게 된 것이다.

"그러니 그 부분도 좀 꺼림칙했을 테고요."

"그런데 왜 저한테 덤비는 겁니까? 그걸 봤으면 알아서 자제해야 하는 거 아닌가요?"

"파워가 더 강해지려는 걸 막으려는 거죠. 사람들의 이미지를 이끄는 기자들의 입장에서는 충분히 밟을 수 있다고 생각했을 겁니다. 라손처럼 기업도 아니고, 사실 노 변호사님의 이런 언론계의 파워는 약하지 않습니까?"

　박상규의 말에 노형진은 고개를 끄덕거리면서 동의했다.

　그는 언론계에 파워가 약하다.

　직접 투자해서 어느 정도 친밀하게 지내는 인터넷 언론사들이 있기는 하지만, 그들의 힘은 무척이나 약하다.

　더 황당한 건 이번에 배신을 때린 자들 중에는 그렇게 노형진이 키워 준 자들도 있다는 것이다.

　권력을 맛보고 나니 돌변한 것.

"거기에다 노 변호사님이 인터넷 언론사를 키운 것도 배알이 꼴렸을 테고요."

"에? 인터넷 언론사요?"

"네. 기존 언론사들의 파워가 약해질 수밖에 없으니까요. 뭐, 두루두루 노 변호사님이 언론사에 제대로 찍혔다고 보시면 됩니다."

노형진은 어이가 없어서 한동안 말도 안 나왔다.

들어 보니 그런 게 쌓이고 쌓이다가 결국 터진 모양이었다.

'하긴 언론 재벌이 가진 힘이 어마어마하지.'

언론 재벌의 힘은 동급 규모의 기업과 비교하면 못해도 다섯 배 이상 강하다.

그런 그들의 밥그릇을 계속 건드려 왔으니 어찌 보면 그들이 티만 안 냈을 뿐, 쌓인 건 많을 수밖에 없을지도 몰랐다.

"그런데 이런 걸 어떻게 아신 겁니까?"

"기자들이 다 같은 편은 아니지 않습니까? 저희가 따로 관리하는 사람들도 있고요."

박상규는 씩 웃으면서 말했다.

당연히 따로 관리하는 기자가 내부에서 나오는 정보를 몰래 그에게 전해 주고 있다고 한다.

"이번에 노 변호사님을 공격하는 건 우연이기는 하지만, 일단 기회가 왔다고 생각하기 때문이랍니다. 아마 조만간 추가 공격이 이루어질 겁니다."

"저, 아니면 전안나 씨에 대해서요?"

"둘 다겠지요. 현재 전안나 씨를 이용해서 노 변호사님을 돌려서 공격하는 상황이니까요."

노형진을 그냥 공격하기에는 마땅한 방법이 없다. 그러니 전혀 엉뚱한 사람을 걸고넘어지면서 마치 공격 대상이 노형진이 아닌 다른 사람인 척 꾸미고 있는 것.

"그쪽 편집장도 노 변호사님을 파고들어 가 보라고 했다고 하더군요. 쉽게 말해서 밟으라고 오더가 떨어진 거죠."

"편집장이요?"

"네."

기자라고 해서 다 접대받는 건 아니다.

편집장 이하 기자들에게는 돈을 주거나 룸살롱 정도의 접대가 들어간다.

하지만 편집장쯤 되면, 연습생이라도 하나 보내지 않으면 불호령이 떨어지곤 했다고 한다.

"이제는 과거의 이야기이지만요."

"과거로 다시 돌아가고 싶다?"

히죽 웃는 노형진.

그걸 보면서 박상규는 의외라는 표정을 지었다.

"화나지 않으십니까?"

"에? 화가요?"

"네, 이번에 작정하고 공격한다는데요."

"뭐, 이해가 가니까요."

"네?"

이해라니? 보통 사람이라면 화가 나서 정신을 차리지 못해야 상황이 아닌가?

그런데 이해가 간다니?

"제가 세상을 살면서 느낀 게 뭐냐면, 이권을 놓치게 될 상황에서 그걸 그냥 순순히 놓는 놈은 못 봤다는 겁니다. 인간은 성인군자가 아니거든요."

"그렇지요."

"그들이 그렇게 이권을 놓기 싫다면, 뭐, 방법은 하나뿐이지요."

어깨를 으쓱하는 노형진.

"밟아야지요."

"그게 끝인가요?"

박상규는 당연히 노형진이 그냥 넘어가지 않을 거라 생각했다.

그런데 밟아야 한다는 말 한마디뿐이라니?

"그냥 두세요."

"에?"

"형진이가 진짜 화가 나면 더 식는 편이라서요."

"아아."

손채림은 당황하는 박상규를 진정시켰다.

"그런 사람 있잖아요, 화가 날수록 머리가 식는 사람."

"아아."

좋은 사람이 화가 나면 더 무섭다고들 한다.

왜냐하면 그들은 감정적으로 폭발하는 게 아니라 분노만 담아 두기 때문이다.

"기자들은 잠자는 용의 역린을 건드린 거예요."

그리고 그 대가는 두려울 정도로 크다는 걸, 손채림은 아주 잘 알고 있었다.

이것이 법이다

스폰은 미국 영웅만 있는 게 아니다

"저한테 스폰 한번 받아 보지 않으시겠습니까?"

전안나와 홀랜드엔터테인먼트의 대표인 유창신은 노형진이 찾아와서 한 말에 기겁을 했다.

"그걸 지금 말이라고 하는 겁니까!"

안 그래도 막 진출하려던 참에 난데없이 스폰 문제가 터져 온갖 욕을 다 먹고 있다. 그런데 그 스캔들 당사자가 찾아와서 스폰을 받을 생각이 없냐고 묻다니?

"연예계에 힘이 좀 있다고 우리를 무시하나 본데, 저 그렇게까지 하면서 연예인 하고 싶지 않아요."

전안나는 노형진을 보면서 선을 딱 그었다.

"압니다. 그래서 찾아온 겁니다."

"네?"

"이대로 가면 망하는 거 아시죠? 유 사장님은 아실 텐데요."

"그거야 그런데……."

유창신이 세운 홀랜드는 원래 모델을 공급하는 곳이었다.

그런데 이번에 야심차게 전안나를 밀어주다가 이 사달이 난 상황.

"지라시에서는 거의 성매매 업자 취급을 받고 있던데, 아시죠?"

"알죠. 그래서 죽겠습니다."

증권가 정보지라고 하는 지라시에는 워낙 거짓말이 많다. 그런데 사람들은 그걸 진실로 믿는 경우가 많다.

"그러니 그 거짓을 진짜로 만들어 버리자는 겁니다."

"네? 그게 무슨 말씀이십니까? 그놈들이 스폰으로 물어뜯으니까 우리보고 진짜로 스폰을 받으라고요? 그건 범죄입니다."

"일단, 범죄는 아닙니다."

"범죄가 아니라니요! 성매매라고요!"

"성매매는 물론 범죄지요. 하지만 스폰은 범죄가 아닙니다."

"그게 무슨 말도 안 되는 소리입니까! 스폰은 범죄가 아니라니요!"

노형진은 씩 웃었다.

"이게 바로 은어와 사전적 정의의 차이입니다."

"사전적 정의라니요?"

이것이 법이다

"스폰이라는 게 뭡니까? 정확하게 말하면, 스폰서라는 게 뭡니까?"

"그거야 당연히 돈을 주고 그 대신에 성적인 접대를 받는 사람을 스폰서라고 하지요."

"천만에요."

노형진은 고개를 흔들었다.

실제로 어느 순간부터 스폰의 의미가 그런 것처럼 사용되어 왔고, 그래서 다들 그렇게 생각한다.

하지만 엄밀하게 말하면 그러한 의미의 스폰서는 연예계에서, 그것도 한국 연예계에서만 통용되는 말이다.

"스폰서는 투자자와는 좀 다른 개념의 투자 방식일 뿐입니다."

"투자 방식?"

"네, 좀 순화해서 부르면 '후원자'라고 할 수 있지요."

"후원자요?"

"네. 사실 스폰서는 여러 곳에서 운영하고 있습니다. 연예계에서만 내용이 변질된 거지."

스폰서와 투자자의 다른 점은 수익을 나눠 달라고 하지 않는 것이라고 할 수 있다.

그래서 자선행사 등에 돈을 기부하는 사람들도 스폰서라고 한다.

"가령 모 기업에서 전안나 씨에게 가방을 준다면 그건 투자가 아닙니다. 준 거죠. 하지만 그 기업도 이익이 있어야겠지요? 그 조건이 바로 그 가방을 공식 석상에서 들고 다니는 겁니다."

"에?"

"스포츠계에도 스폰서는 많아요."

가령 기업에서 골프 선수들에게 스폰을 하는 것은 그들에게서 성 접대를 받기 위함이 아닌, 그들에게 기업의 마크를 붙이고 다니게 해서 광고효과를 보기 위함이다.

"쉽게 말해서 움직이는 광고판 같은 겁니다."

그런데 이상하게 한국 연예계는 스폰서라고 하면 일단 성 접대를 생각한다.

"그러니 제가 전안나 씨와 여러 모델들의 스폰서가 되겠습니다. 물론 당연히 그에 따른 계약은 해야겠지요."

"그냥 부정하면 안 되나요?"

유창신은 이해가 가지 않는다는 듯 말했다.

그러나 노형진의 말에 포기할 수밖에 없었다.

"해 보셨잖아요. 들은 척이나 하던가요?"

"……."

"그리고 다른 요구도 있었을 텐데요?"

"……."

"말씀해 보세요."

"하아, 인사 좀 하라고 하더군요."

유창신의 홀랜드엔터테인먼트는 조합에 속한 곳이 아니

다. 그러니 조합의 도움을 받지 못한다.

그 점을 노리고 접대를 요구한 것이다.

"어차피 계속 이야기해 봐야 들은 척도 안 할 겁니다. 그리고 우리가 부정해 봐야, 국민들은 그렇게 생각하지 않을 테고요."

언론의 무서운 점이 바로 그거다. 일단 그들이 던져 둔 이미지는 벗겨지지 않는다는 것.

이쪽에서 아무리 노력하고 아무리 반대 증거를 내밀어도, 일단 생긴 선입견을 뒤집는 것은 요원한 일이다.

"한마디의 말을 뒤집기 위해서는 백 장의 종이가 필요하다고 했습니다."

지금 이미 스폰이라는 이미지는 박혀 버렸다.

그런 상황에서 우리가 아무리 스폰을 하지 않았다고 해도 사람들은 그저 '저 녀석들이 거짓말을 하는구나.'라고 생각한다는 것이 문제다.

"하지만 차라리 스폰의 개념을 바꾸는 건 쉽죠."

스폰이라는 단어에 대해 다른 이미지를 가진 사람들은 많다.

그들을 시작점으로 해서 천천히, '스폰을 했지만 이는 어디까지나 합법적인 것이다.'라고 바꾸는 것이 훨씬 좋은 방법이다.

"그런 방법은 생각도 못 했습니다."

유창신은 부정부터 하려고 했지, 그런 건 생각도 못 해 봤다.

"뭐, 대부분 부정만 하면 끝났으니까요. 그런데 부정한다고 해서 그걸 저들이 순순히 받아들여 줄 것 같지는 않다는 게 문제죠."

이번에는 결코 그렇게 되지 않을 것이다.

저들은 노형진을 물어뜯으려고 작정했으니, 계속 계속 부정해도 저들의 공격은 멈추지 않는다.

"이런 말도 안 되는……."

안 그래도 갑자기 자신들에게 스폰이나 뛰는 황당한 매춘부 이미지가 뒤집어씌워져서 어이가 없기는 했다.

그리고 그들이 자신들을 찾아옴으로써 그 이유를 알기는 했다.

그런데 그게 다른 상대방에게도 원한이 있어서일 줄이야.

"두 분 다 처음 뵙는 분이기는 하지만 적의 적은 친구라고 하지 않습니까? 어차피 저들과 싸울 거라면 우리가 함께하지 않을 이유는 없을 텐데요?"

"하지만……."

"어차피 싸움은 시작된 겁니다. 그리고 저들이 이쪽으로 시선을 돌린 이상, 이제 끝도 없이 몰려들 거라는 건 확실하지요. 사실 이 공격은 저를 향한 겁니다. 그렇지만 제 생각에는, 그게 결코 저만을 공격하는 건 아니라고 봅니다."

"그게 무슨 말입니까?"

노형진 때문에 자신들이 엮여 들어간 거라 생각하던 두 사람이다.

하지만 노형진이 곰곰이 생각해 보니 그럴 가능성은 낮았다.

자신을 노린다면 기회는 넘친다.

열애설? 스폰?

그것보다 더 자극적인 소재가 산더미처럼 많았다.

가령 자신이 일 때문에 비밀리에 만나는 사람 중에는 이혼하려고 하는 30대의 주부도 있다.

그녀는 전혀 30대로 보이지 않을 정도로 아름답다.

그런데 남편이 문제였다. 그녀를 사람이 아니라 전리품으로 보는 사람이기 때문이다.

더군다나 심한 의처증이 있어서, 그게 이혼 사유였다.

만일 자신이 기자라면 그녀를 노렸을 것이다.

불륜이라는 치명적인 죄를 뒤집어씌우고 거기에다 의처증이 있는 남자를 잘만 부추기면서 자극하면, 자신을 유부녀를 꼬신 천하의 개쌍놈으로 만들면 수 있다.

그리고 이혼당하는 남자에게 피해자 프레임을 뒤집어씌워서 결과적으로 자신이 유부녀를 빼앗은 것처럼 그림을 그릴 수도 있다.

그런데 그녀를 노리지 않고 그저 스쳐 지나간 전안나라는, 전혀 알지도 못하는 사람을 건드린다?

"저들이 전안나 씨를 노리는 게 우연이라고 생각하십니까?"

노형진은 그렇게 생각하지 않았다.

자신을 공격하기 위해서 전안나를 공격하기는 하지만, 그렇다고 해서 그게 완벽하게 우연이라고 보기는 힘들다.

최소한 기자라는 작자들은 바보가 아니니까.

"그들은 저 말고 여러분에게도 노리는 게 있기 때문에 전안나 씨를 노리는 겁니다."

"아니, 우리가 왜요? 우리는 이제 막 연예계에 들어가려고 노력하는 중인 작은 회사일 뿐인데."

"그래서 노리는 겁니다. 여기에는 여자들이 있으니까요. 그것도 아주 아름다운."

그들이 노리는 건 돈과 성 접대다.

그런데 지금의 연예계에서는 노형진 때문에 그런 게 사실상 불가능하다.

몇몇 소속사들이 그런 짓거리를 하다가 노형진에게 걸려서 말 그대로 폭삭 망해 버렸다. 그래서 그들은 더 이상 그런 접대를 받지 못하고 있다.

그러니 그걸 공급해 줄 다른 곳을 찾아야 하는데, 그런 곳은 많지가 않다.

단순히 여자가 필요한 게 아니라 어리고 예쁜 여자가 필요하니까.

그리고 일단 연예계를 빼고 그런 여자가 모이는 곳이라면……

"모델계군요."

유창신은 얼굴을 와락 찡그렸다.

연예계와 다른 방식으로 성공한다고 하지만, 확실히 그들이 원하는 젊고 아름다운 여자들이 있는 곳이다.

모델 나이 서른이면 어지간히 성공한 상황이 아니면 퇴물 취급받는다. 그러니 그들이 환장할 만한 대상이다.

"저를 공격하는 건 맞습니다. 하지만 그 과정에서 전안나 씨도, 우연히 노린 건 결코 아닙니다."

노형진이 호텔에서 연예인을 만나거나 한 게 이번이 처음인 건 아니다.

당장 얼마 전 라손 사건 때만 해도 호텔 커피숍에서 협상한 경우가 적지 않다.

"그때는 저에 관련된 이야기가 나오지 않았습니다."

하지만 전안나는 호텔 안에서 만난 것도 아니고, 그저 나오는 타이밍이 같다는 이유로 대서특필해서 열애설이니 스폰서니 하면서 물어뜯고 있었다.

"으음."

유창신은 입술을 지그시 깨물었다.

"하긴, 윗대가리 놈들은 뇌가 아래에 달려 있다고 하지요."

"네?"

"모델계에 그런 놈들이 어디 한두 명입니까?"

노형진이 말한 것처럼 그들이 모델계를 노린 것은 1~2년 된 문제가 아니다.

"외국인 모델에게 추파를 던지다가 골로 갈 뻔한 놈들도 있습니다."

"그런가요?"

유창신의 말을 들어 보니 노형진이 연예계에서 그걸 막기 전부터 이러한 접대 문화는 있어 왔다고 했다.

"하지만 요즘 들어서 좀 더 심해지기는 했지요. 안나도 다른 곳에 있다가 왔으니까요."

"안나 씨도요?"

"네."

전안나도 다른 곳에서 소속되어 있었다고 했다.

당시에 어떤 모델 대회에 나갔는데, 그곳에서 본선 직전에 인사 한 번만 드리면 1위는 따 놓은 당상이라면서 정해진 시간 안에 호텔로 오라는 연락을 받았다고 한다.

"아, 그때요?"

"그래. 너 그때 안 나갔다면서?"

"그랬죠. 그리고 다음 날 바로 광탈했지요."

이미 다른 대회에서도 우승해 본 적이 있던 그녀가, 전혀 알지도 못하는 듣보잡 대회에서 결선은커녕 본선에서 광속으로 탈락해 버렸다.

그리고 우승은 고 2쯤 되는 미성년자 모델의 차지였다.

"저도 관련 영상을 봤는데……."

유창신은 씁쓸하게 말했다.

"어설프더군요."

"에? 어설프다고요?"

"네, 고 2면 한창 공부할 나이입니다. 미성년자이기도 하고요. 그런 아이한테 프로 모델과 같은 포스를 요구하는 건 애초부터 무리이기는 하지만……."

그는 말을 하다가 한숨을 푹 쉬었다.

"그 당시에 좀 알아봤는데 그 아이, 매니지먼트사가 없었습니다. 부모가 대신 매니저 노릇을 하더군요."

"……."

노형진은 입을 꾸욱 다물었다.

부모가 직접 매니지먼트를 하는데 고작 고 2인 아이가 알아서 그곳에 갈 리는 없고.

"연예계에도 그런 놈들이 있지요."

부모 같지도 않은 부모들.

아이의 손을 잡고 가 접대를 하라고 호텔 방으로 밀어 넣는 놈들.

"하아, 예상은 했지만 신고식 참 호되군요."

유창신은 머리를 북북 긁으면서 중얼거렸다.

"그러면 저희는 어떻게 해야 합니까?"

"저랑 함께하기로 결정하신 겁니까?"

"저희만의 문제가 아니니까요. 이놈의 짓거리를 계속 요구할 텐데."

노형진의 예상이 맞는다면 그들은 절대로 멈추지 않을 것이다.

　　노형진에 대한 공격은 멈춘다고 해도 전안나, 아니 모델들을 향한 공격은 결코 멈추지 않을 것이다.

　　"일단은 제가 나서서 스폰을 한다고 발표할 겁니다. 물론 불법적 스폰이 아니라 합법적 스폰을 할 거라고요."

　　"합법적 스폰······."

　　"네."

　　"오히려 더 문제가 되지 않겠습니까?"

　　"그렇지 않을 겁니다. 이럴 때를 대비해서 만든 건 아니지만, 적당한 곳이 있거든요."

　　"적당한 곳?"

　　"네. 제가 생각보다 돈이 좀 많아서요."

　　노형진은 씨익 미소를 지었다.

⚖

　　"이번에 스폰에 관련된 기사에 대해서 공식 발표를 하려고 합니다."

　　기자회견장에 모여든 사람들.

　　그들은 크게 두 가지 타입으로 나뉘었다.

　　탐욕이 고스란히 드러나는 얼굴로 노형진을 바라보는 사

람들, 그리고 반대쪽 자리에서 호기심을 드러내는 사람들.

'흥, 그런다고 내가 방법이 없을 줄 알아? 아예 이참에 너희들이 뼈저리게 후회하게 해 주마.'

건수를 잡으려고 자신을 바라보는 기자들을 마주 보던 노형진은 반대쪽에 있는 사람들에게로 눈을 돌렸다.

그들은 기자들보다 숫자도 적고 장비도 부실했다.

하지만 그들의 눈은 열망으로 가득했다.

'팟 캐스트가 조만간 나라를 뒤흔든다.'

팟 캐스트는 일종의 인터넷 대담 프로그램이다.

시사 프로그램이 가장 유명하긴 하지만, 그 외에도 다양한 분야의 프로그램들이 있다.

기존의 정형화된 틀에서 벗어나 자유롭게 방송하는 팟 캐스트는 자정작용을 잃어버린 언론을 대신해서 점차 대안 언론으로 떠오르게 된다.

'내가 여기서 발표해 봐야 너희들은 올려 주지도 않겠지.'

자기들에게 불리한 기사니까.

하지만 팟 캐스트가 이렇게 몰려온 이상, 그들이 기사를 올리지 않는다고 해서 감춰지는 것은 아닐 것이다.

'좋아, 시작해 보자고.'

노형진은 심호흡을 하고 그들을 바라보면서 싱긋 웃으며 입을 열었다.

"스폰에 관한 이야기는 일부 사실입니다."

웅성거리는 사람들.

팟 캐스트 쪽이야 전혀 예상하지 못한 말이었기 때문에 그런 것일 것이다. 분명히 부정할 거라고 생각했는데 말이다.

기자들 쪽이야 자기들이 짠 가짜 함정을 덥석 문 것에 대해서 놀라는 것이지만.

"아직은 시기가 아니라서 발표할 때가 아니라고 생각했습니다만……."

"시기라니요?"

"아니, 스폰에 무슨 시기가 있어!"

몇몇 기자들이 황급하게 욕설을 내뱉었다. 딱 물어뜯을 수 있는 기회라고 생각했기 때문이다.

"거참, 조용히 합시다!"

"아직 이야기 안 끝났어!"

그리고 그런 기자들을 향해 팟 캐스트 쪽에서 고성이 터져 나왔다.

'그럴 줄 알았다.'

팟 캐스트는 기존 언론에 염증을 느낀 기자들이 만들어 낸 대체 언론이다. 당연히 사이가 좋지 않았다.

"씨발, 어디 기자 같지도 않은 새끼들이."

"흥, 언론사 표찰만 걸고 있으면 기자인가?"

불만을 토로하던 기자 한 명이 팟 캐스터의 말에 입을 꾹 다물었다.

"영혼도 없는 소설가들이."

"뭐! 지금 그걸 말이라고!"

그 둘의 싸움으로 번지려는 찰나, 노형진이 그들을 진정시켰다.

"두 분 다 진정하시고, 저희 발표 아직 안 끝났습니다. 두 분 다 싸우려면 나가서 싸우세요."

그제야 두 사람은 입을 다물었다.

기자 쪽에서는 불만이 가득했지만 어쩔 수가 없었다.

등 뒤에서, 새론에서 나온 경호 팀이 무서운 눈빛으로 자신들을 바라보고 있었기 때문이다.

"일단 스폰에 대해서 확실하게 말씀드리겠습니다. 스폰은 실제로 있었습니다, 계약서도 존재하고. 그 계약서를 오늘 공개할 예정입니다."

일이 이쯤 되니 기자들은 혼란스러웠다.

어떤 미친놈이 연예인 스폰을 계약서까지 공개한단 말인가? 거기에다가 자기가 관련된 걸 말이다.

"저거 미친 거 아냐?"

"도대체 뭔 짓이지?"

서로 두런두런 이야기하는 기자들.

그럴 수밖에 없는 게, 어차피 노형진도 싱글이고 전안나도 싱글이다. 그러니 이 일을 덮고 싶다면 '스폰을 했습니다.'가 아니라 '좋은 감정을 가지고 만났습니다.'라는 말이 더 효율

적이기 때문이다.

그 후에 헤어졌다고 하면 문제 될 건 없으니까.

'내가 그렇게 쉽게 넘어갈 줄 알아?'

노형진은 그들의 생각을 알고 있었다.

어려운 게 아니다. 기억을 읽어 낼 필요도 없다.

노형진은 이번 일을 전화위복의 계기로 삼을 생각이었다.

"스폰을 하기는 했지만 여기에 계신 여러분들의 생각처럼 불법적이고 난잡한 스폰이 아닙니다. 그러니 당연히 계약서가 존재하지요. 저희가 한 스폰은 합법적 스폰입니다."

"저희? 합법적 스폰?"

전혀 어울리지 않는 말이다.

저희라니, 설마 단체로 난잡한 관계라도 맺었단 말인가?

"그게 무슨 말인가요, 저희라니? 설마 누군가에게 중계를 해 줬다는 말인가요?"

"네."

이제는 대혼란 사태다.

이건 단순 스폰 정도가 아니라 성매매를 자인하는 꼴.

"미친 거 아닙니까?"

"미친 게 아닙니다. 도대체 합법적인 스폰이라는 말은 들으신 겁니까?"

"합법적 스폰이라는 게 어디 있습니까?"

"선수들도 하는데 다른 사람이라고 못 하겠습니까?"

"선수들? 아하!"

몇몇 눈치 빠른 팟 캐스트 쪽 사람들이 탄성을 질렀다.

"그러니까 투자를 하셨다는 거군요."

"투자와는 좀 다릅니다. 말 그대로 스폰이지요."

기자들이 여전히 어리둥절한 표정을 하고 있자 팟 캐스터들은 혀를 끌끌 찼다.

"색안경을 끼고 바라보고 있으니 보일 리가 있나, 쯧쯧."

"지금 우리한테 덤비는 거야? 고작 잘린 주제에."

"잘린 게 아니라 내 발로 나온 거다."

다시 싸움이 시작되려는 찰나, 노형진은 그들을 말리면서 계속 이야기를 이어 갔다.

이쯤 충격을 줬으면 이제 설명을 해 줘도 되기 때문이다.

"이번에 마이스터 투자금융에서는 새로운 투자를 시작했습니다."

"마이스터?"

"그 미다스가 가지고 있다는 그곳?"

과거에 노형진이 세운 회사는 '마이스터 투자금융'으로 이름을 바꾸고 난 후 공격적으로 사세를 확장하고 있었다.

어차피 작은 건 몰라도 큰 건에 대해서는 노형진이 다 알고 있으니 망할 리도 없었고, 그래서 전 세계에서 가장 믿을 만하며 또 가장 확실한 기업으로 평가받고 있다.

"그곳이 투자한다고요?"

"투자라기보다는 스폰이지요."

"그게 무슨……?"

"마이스터 투자금융의 스폰 대상은 기업이 아니라 사람입니다."

다들 입을 쩍 벌렸다.

사람이라니? 지금까지 사람이 투자의 대상이 된 적이 있던가?

물론 가족들이 투자하는 경우는 흔하다.

하지만 투자회사에서 사람에게 투자를 한다? 그런 말은 들어 본 적이 없었다.

"사람에게 투자를 한다니요?"

"투자가 아니라 스폰입니다."

노형진은 자꾸 투자라고 표현하는 그들의 말을 계속 고쳐 줬다.

중요한 것은 이 자리에서 스폰의 개념을 바꿔 놓는 것이니까.

"투자나 스폰이나 마찬가지 아닌가?"

누군가가 혼잣말 비슷하게 중얼거렸다. 그 차이를 알지 못했기 때문이다.

사실 투자나 스폰이나, 의미는 거의 비슷하다.

"왜냐하면, 대상이 사람이니까요."

"네?"

"투자 대상이 기업이 아니라 사람이기 때문에 스폰입니

다. 우리가 돈을 준다고 그 사람이 우리의 물건이 되는 건 아니니까요."

투자를 한다고 하면 그에 맞는 금전적인 이득을 줘야 한다.

가령 주식을 준다거나, 영화에서 보면 성공한 후에 그 영화에 수익 중 일부를 준다거나 하는 식으로 말이다.

"하지만 기업도 그렇지만, 사람도 투자한다고 꼭 성공하는 것은 아니거든요."

"그렇지요."

"그런데 만일 투자했는데 실패했다면, 그는 어떻게 될까요?"

"아아."

기업의 경우 폐업 처리하면 그만이다.

그리고 투자한 사람에게는 그냥 손실로 기록된다. 대상이 없어지니까.

물론 그 과정에서 소송 같은 게 있을 수 있지만, 일단 투자를 한 이상 손실은 투자자의 책임이다.

"하지만 개인의 경우 여기서 문제가 생기지요."

가령 훗날 수익의 20%를 가지고 간다고 계약을 했는데 그가 성공하지 못했다. 그래서 하루하루 먹고살기도 힘들어졌는데, 계약에 따라서 20%를 가지고 간다면?

그는 재기는커녕 자살하게 될 것이다.

기업은 없애면 끝이지만 사람은 죽기 전에는 없어질 수가 없으니까.

"그래서 스폰이라는 표현을 계속 이야기하는 것입니다."

스폰은 투자와 다르게 다른 방식으로 변제하는 것이 가능하다.

가령 야구 선수의 헬멧을 보면 다른 회사들의 이름이 적혀 있는 것이 보이는데, 그게 바로 스폰이다.

돈으로 갚는 게 아니라 그 대신에 이름을 노출시켜서 광고를 해 주는 것.

그래서 골프 선수도 모자에 스폰서 이름을 인쇄해 놓고 다닌다.

"저희는 사람의 가치에 대해 투자하고자 하는 것이지 사람의 미래를 빼앗고자 하는 게 아닙니다. 일정 수준의 수익이 되지 않으면 저희는 그들에게 수익의 배분을 요청하지 않습니다."

"그게 얼만데요?"

"현재 환율 기준으로 저희에게 배분하고 난 후 잔여 수익금이 1억 이상 남아야 분배를 요청합니다."

"그러면?"

"20%라고 하면, 순수익 1억 2천 이상 되면 그때 배분을 요청합니다."

"아! 그래서……!"

강제적으로 투자금을 달라고 하거나 투자금 회수를 하는 게 아니라 말 그대로 주는 개념이라 스폰인 것이다.

실제로 해외에서 자선사업가들에게 돈을 기부하는 사람들을 스폰서라고 한다.

"그리고 전안나 씨는 마이스터 측과 스폰 계약이 되어 있었습니다. 저는 한국에서 마이스터 측을 대신해서 협상하러 온 대리인이구요."

어리둥절한 기자들. 한국에서라니?

"안 그래도 어떻게 홍보해야 할지 고민하고 있었는데, 기자님들 덕분에 쉽게 해결되었네요."

"에……."

기자들은 한 방 먹은 표정이 되었다.

스폰서를 만들어서 사회적으로 매장시켜 버리려고 했는데 홍보라니?

"마이스터 측은 한국에 있는 사람들에게 투자를 할 계획입니다. 현재는 연 100억을 예상하고 있고, 장기 수익률에 따라서 더 늘릴 계획입니다."

"잠깐만요! 그게 대체 무슨 말이죠? 누구한테 100억이나 투자한다는 겁니까?"

"찾아봐야지요. 그러니 일단…… 아, 98억이군요. 2억은 전안나 씨에게 투자되었으니까요."

"찾아본다? 공부 잘하는 사람들에게 투자한다는 건가요?"

"아니요. 이건 장학금이 아닙니다. 공부뿐만 아니라 뭐든 좋습니다. 자기 자신이나 자녀분, 또는 주변 사람이 진짜 재능이 있다고 하는 장르는 뭐든 신청받습니다. 이렇게 보시면 되겠군요. 모차르트나 베토벤 등등 당대의 음악가들은 그 당시 귀족들의 지원하에 엄청난 예술 작품을 쏟아 냈지요. 그 작품들은 수 세기가 지난 지금도 우리의 마음을 울리고 있습니다. 하지만 자본주의하에서, 그러한 후원은 사실상 끊어졌지요. 저희는 그 바른 전통을 부활시키고자 하는 것입니다. 돈이 아니라 사람의 가치, 그리고 우리의 자손들에게 이어 줄 정신적, 문화적 보물들. 그걸 만들기 위해서, 그걸 위해서라면, 가치가 인정되는 것이라면 뭐든 후원할 겁니다."

"뭐든?"

"스포츠, 음악, 글, 소설, 만화 등등요."

사람에게 투자, 아니 스폰한다.

전혀 예상하지 못한 카드였다.

"다만 계약에 따라서 일정 기간은 스폰 사실을 비밀로 해야 합니다. 그래서 전안나 씨가 스폰에 관해서 말하지 못한 것입니다. 기자들분들이 어떻게 알았는지는 모르겠습니다만."

"어째서요?"

"저희는 사람에게 투자하려는 거지, 그의 인생을 좌지우지하려는 게 아니니까요."

투자가 이루어졌다는 것 자체가 재능이 있다는 뜻이다. 그런데 그 때문에 그가 특별한 대우를 받는 것은 원하지 않는다.

특별 대우는 재능을 죽이는 가장 확실한 방법이니까.

그러니 스폰 계약을 하면 5년간은 발설이 금지된다.

"그러면 자세한 투자 계획은 마이스터 투자금융에서 오신 로버트 씨가 설명해 주시겠습니다."

뒤에서 기다리고 있던 로버트가 앞으로 나왔다.

그는 노형진의 투자자문이기는 하지만 이번에는 특별히 참가했다.

사실 노형진의 이번 계획에 가장 기대를 하는 사람도 그였다. 지금까지 사람에게 투자한 투자회사는 없었으니까.

"반갑습니다. 로버트라고 합니다. 저희가 이번에 한국을 투자처로 삼은 이유는……."

그의 설명이 계속되자 사람들의 시선은 그쪽으로 쏠렸고, 몇몇 기자들은 단상에서 뒤로 물러나는 노형진을 똥 씹은 얼굴로 바라보고 있었다.

⚖️

"그 얼굴 봤어?"

노형진은 아주 속 시원하게 웃고 있었다.

자신을 바라보던, 이번 일을 주도했던 기자들의 표정은 말 그대로 닭 쫓던 개 꼴이었다.

"아주 속이 시원하더라."

"그러니까."

사회적으로 매장시켜 버리려고 함정을 팠는데 도리어 그걸 이용해서 홍보해 버리는 노형진의 행동은 그들이 전혀 예상하지 못한 방식이었다.

"그런데 진짜로 모르고 만든 거야?"

"뭘?"

"투자 말이야."

"아아."

노형진은 고개를 끄덕거렸다.

사실 돈을 벌면 그에 따른 사회적 책임이 있기 마련이다.

노형진은 그걸 조금 기부하는 방식으로 해치울 생각은 없었다. 그래 봐야 엉뚱한 놈들이 중간에서 빼 가는 게 더 많을 테니까.

"처음에는 재단을 만들어서 할까 했지. 하지만 차라리 투자 기업을 끼는 게 더 안정적일 것 같더라고. 확실하게 목적도 되고."

기업이 아닌 사람에 대한 투자.

그건 노형진이 전부터 하고 싶었던 일이다.

기업에 투자하는 곳은 많지만 정작 그 기업의 씨앗이 되는 사업가를 키우는 시스템은 없다는 것을 알고 있기 때문이다.

그런 사람을 키우고 그들이 사회를 위해서 일하도록 교육하고 그래서 사회를 위해서 일하는 사람이 늘어날수록, 세상은 더 좋아지기 때문이다.

"뭐, 이번 일은 우연히 벌어진 일이기는 하지만."

스폰서라고 욕설을 하던 기자들은 찍소리도 못 하고 입을 다물었다.

애초에 스폰이라고 인정한 데다가 그 스폰이 합법적 것이니 꼬리를 물어 봐야 좋을 게 없으니까.

거기에다 사회적으로 버림받은 천재들에게 투자한다는 노형진의 개념은 국민들에게 열화와 같은 성원을 받았다.

멋모르고 지금 상황을 벗어나기 위해서 거짓말하는 거라는 소설을 써서 올린 기자 한 명은, 지금 상황을 벗어나기 위해서 100억짜리 투자를 하는 놈이 어디 있느냐는 네티즌의 공격을 받아서 30분도 되지 않아서 글을 내려야 했다.

"그런데 돈이 될까?"

"응?"

"돈 말이야. 사람에게 투자한다는 것이 돈이 될까 걱정이네."

"내 돈이 아까워서 그래? 후후후, 고마운걸."

"아까운 게 아니라, 사기꾼이 너무 많으니까."

노형진은 고개를 끄덕거렸다.

하지만 사실 그런 걱정은 하지 않았다.

"사기는 못 칠걸."

"왜?"

"재능은 속일 수가 없거든. 사기는 말로 하는 거지, 몸으로 하는 게 아니니까."

노형진과 마이스터 투자금융을 속일 정도의 재능이라면 속이는 데 쓸 게 아니라 진짜 그걸 키우는 게 도움이 될 것이다.

　　"우리가 그냥 서류 작업만 해서 받아들이는 게 아니니까."

　　투자를 받고자 한다면 그 사람은 자신의 재능을 보여야 한다. 그것도 해당 직종의 전문가들 앞에서 말이다.

　　4인 이상의 전문가가 랜덤으로 동석하며, 그들의 의견에 따라 재능 여부가 판단된다.

　　"그렇다 해도 돈이 될까?"

　　"안 될 수도 있지. 사실 안 될 가능성이 더 높아."

　　"그런데 왜? 진짜로 상황을 벗어나려고 한 거야?"

　　"그럴 리가. 안 될 가능성이 높기는 하지만 말이야, 그만큼 손실 자금이 적거든."

　　"그게 무슨 소리야?"

　　"사람을 키우는 데 얼마나 들 것 같아?"

　　"글쎄."

　　손채림은 고개를 갸웃했다.

　　과연 사람을 키우는 데 얼마나 들까? 그것도 재능을 더 키워 나가게 하려면?

　　"만일 그가 천재라고 하면, 한 해에 1억 정도 될 거야."

　　그 정도 돈이면 최고의 교육 시설에 유학을 보내거나 최고의 스승을 붙여 줄 수도 있다. 절대로 적은 돈은 아니다.

　　"일반적인 가정에서는 절대로 감당할 수 있는 돈이 아니지."

말 그대로 등골을 빼 먹어야 하는 돈이다.

"하지만 그 사람이 그 교육을 받아서 성공한다고 하면, 얼마의 수익을 벌 수 있을까?"

"음……."

"간단하게 말해 볼까? 이연아가 어릴 때 내가 그녀에게 투자했다면, 수익률이 어떨 것 같아?"

"어."

피겨 스타인 이연아의 이야기는 유명하다.

집안에서 그녀를 가르치기 위해서 사방에 빚을 지는 바람에 차마 친척 집에도 가지 못하고 월세를 전전했다는 이야기는 방송에도 나온 말이니까.

"이연아가 지금 한 해에 벌어들이는 수익이 대략 200억 정도야. 20%만 한다고 해도 40억이지. 그렇지만 우리가 투자한다고 해 봐야, 고작해야 3억이나 될까?"

"헐."

생각해 보니 그렇다.

그것도 한 해 수익이 그 정도이니, 장기 계약에 따른 수익 분배를 따지면 수십 배의 수익률이 날 수도 있다.

"거기에다가 한국은 사실상 이러한 지원에서 불모지야. 알지?"

모든 공부는 '국영수'로 통한다.

아무리 천재적 재능이 있어도 국영수를 못하면 루저로 취급받는다. 그게 한국의 현실이다.

그래서 세계적으로 찬탄을 받던 천재도 지금은 공무원을 하는 터무니없는 현상이 벌어진다.

"거기에다 지원은 턱도 없이 부족하지."

이연아의 경우는 그래도 부모가 사업하는 사람들이었다. 그래서 무리를 해서라도 지원을 해 줄 수 있었다.

그런데 만일 그녀가 평범하게 월세를 사는 가정집에서 태어났다면?

피겨는커녕, 아이스링크 두어 번 구경하는 게 끝이었을 것이다.

"천재는 많지만 지원은 없다 이거지?"

"그래. 만일 우리가 잡슨 같은 사람을 키운다고 생각해 봐. 그 사람은 숨을 쉬는 동안에 분 단위로 돈을 버는 사람이야. 한국에 그런 천재가 없으라는 법은 없잖아?"

다만 그걸 지원할 시스템이 없을 뿐.

"그리고 말이야."

노형진은 씩 웃었다.

"그 정도 교육을 받으면 천하의 병신이 아닌 이상에야 억대 연봉은 따 놓은 당상이거든."

"응?"

"내가 왜 1억을 기준으로 삼았는지 알아?"

"억대 연봉이 성공의 기준이라서?"

"천만에. 충분한 교육을 받으면 그 정도는 할 수 있으니까 천재인 거야."

천재로서 교육을 받으면 최소한 1억 이상을 벌 것이다. 그러니 자기에게 투자했던 투자금을 반환하는 정도는 가능할 것이다.

그리고 그중에서 누구 한 명이라도 대박을 터트리면, 그건 어마어마한 수익률로 돌아온다.

"이건 시간이 걸릴 뿐이지, 절대 손해 보는 사업은 아니야."

"아아."

곰곰이 생각하던 손채림은 노형진이 하는 말을 알 것 같았다.

천재로 태어나 충분한 교육을 받았는데 그 사람이 허접한 직업을 가질 가능성은 낮다.

거기에다 마이스터에서 투자를 받았다는 것 자체가 천재라는 증명.

그를 데리고 가려고 하는 곳이 어디건, 터무니없이 낮은 조건을 제시하지는 못할 것이다.

"사람에게 투자한다라……."

누구도 생각해 보지 못한 사업이다.

하지만 세상을 바꾸는 가장 확실한 방법이기도 하다.

"전부터 하고 싶었던 걸 하는 것뿐이야. 뭐, 이렇게 서둘러서 공개를 하게 될 줄은 몰랐지만."

사실 좀 더 준비가 필요하기는 했다.

하지만 저쪽에서 자신들을 도발하는데 굳이 그 함정에 빠져 줄 필요는 없지 않은가?

그래서 노형진이 공격을 역으로 이용해 버린 것이다.

이미 스폰서 이야기는 사방에 퍼져 있고 대한민국 사람이라면 모르는 사람이 없는 상황.

그런데 그걸 슬쩍 천재에 대한 투자로 바꿔 버리자 당연히 사람들에게 빨리 알려지기 시작했던 것이다.

"이미 투자를 받고자 하는 사람들이 몰려오고 있어."

"그 정도야?"

"천재를 아는 사람들은 아니까."

노형진은 미래의 어떤 프로그램이 생각났다.

영재를 찾아서라는 프로그램인데, 그곳에 나오는 아이들은 말 그대로 천재라는 말이 딱 어울렸다.

그러나 대부분의 경우 집안의 여건이 좋지 않아서 그 재능을 피우지 못하는 상황이었다.

"거기에다가 투자 비용은 숫자가 많아질수록 적어지거든."

"응?"

"돈을 주는 게 아니라 선생님을 지원해 주는 거니까."

같은 종류의 천재를 모아서 유명한 교수를 초빙해 가르치면 전체적인 비용은 줄어든다.

당장 음악의 도시 빈으로 보낸다고 해도, 같은 숙소에서 살게 하면 비용은 쭉쭉 줄어들게 될 것이다.

"넌 다른 의미에서 천재다."

"글쎄."

노형진은 씩 웃었다.

물론 누군가는 그를 천재라고 생각할지 모른다.

그러나 그는 천재는 아니다. 다만 경험한 걸 잊지 않을 뿐. 그리고 그걸 고치려고 노력할 뿐.

"그러면 이제 끝난 거야?"

"저들이 원한다면."

"응?"

"기자들이 정신 차리고 그만둔다면, 나도 굳이 싸울 필요는 없지."

"지금은 조용하잖아."

"그거야 여론이 안 좋으니까."

지금 노형진이라는 이름은 사회적 투자의 대표라 잘못 까면 욕먹는 상황이다. 그러니 기자들은 조심할 수밖에 없다.

"하지만 그들은 날 공격했고, 잠깐 멈췄다고 해서 앞으로도 공격하지 않는다는 뜻은 아니야."

그저 숨을 죽인 채 호시탐탐 노형진이 약해지는 틈을 노리고 있을 것이다.

그리고 그런 순간이 오면 거침없이 이를 드러내면서 노형진을 물어뜯으려고 할 것이다.

"다시 공격하면?"

노형진의 입술이 천천히 비틀리며 위로 슬며시 올라갔다.

"더는 그렇게 하지 못하게 이를 모조리 뽑아 놔야지."

엉뚱하게 사람을 무는 개를 그냥 둘 생각은 전혀 없었다.

취재하러 나왔습니다

"젠장, 이래서야 그 새끼들 좋은 일만 시킨 거잖아?"

편집장들은 모여서 투덜거리고 있었다.

안 그래도 사사건건 자신들과 부딪치는 노형진을 밟을 기회를 노리고 있다가 좋은 기회다 싶어서 달려들었는데 도리어 노형진에게 좋은 일만 시켜 줬으니 입안이 쓰다 못해 소태를 씹은 것 같은 느낌이었다.

"홀랜드 쪽은 어때? 그 새끼들은 숙이고 들어오려는 것 같은 느낌 없어?"

"숙이기는커녕 아주 신났습니다."

사실 전안나에 대한 투자는 상당히 위험한 선택이었다.

천재를 지원한다는 말을 했는데 전안나에게 지원을 해 줬다는 것은 그가 연기의 천재라는 소리였기에, 그런 확신이 들자마자 사방에서 그쪽에 시나리오가 날아가기 시작한 것이다.

노형진이 비밀로 해야 하는 이유가 있다고 한 게 이해가 될 지경이었다.

"씨발, 전안나가 그렇게 재능이 있었나?"

"저희야 모르죠."

애초에 전안나는 관심도 없었다.

그냥 잠자리에 끌어들이기 좋아 보인다 정도만 생각했으니까.

"사기 아닐까?"

누군가 중얼거렸다.

마치 기다렸다는 듯이 이런 변명이 튀어나온 걸 의심한 것이다.

"아니야. 내 쪽에서 알아봤는데 마이스터에서 해당 계획이 벌써 몇 년 전부터 있었어. 로버트라는 그 녀석도 실제 그곳 소속이고."

"그래?"

"그리고 그가 미다스의 전속 재산관리인이라는 소문이 있더군."

"그게 무슨 소리야?"

"이번 프로젝트가 미다스의 손에서 나왔다는 거지."

"씨발."

단 한 번도 실패한 적이 없는 미다스의 투자.

그 이야기가 나오자 다들 눈을 찌푸렸다. 그렇다면 이건 사기가 아니라는 거다.

"왜 하필 지금이야?"

며칠 전만 해도 노형진을 사회적으로 매장할 수 있는 분위기였다.

조금만 더 찌르고, 가짜 희생자 몇 명만 만들면 되는 일이었다.

뉴스에 나가는 사람은 A 씨니 B 씨니 하는 가명으로 나간다.

그러니 가짜 희생자를 만들고 난 후에 신분 보호를 위해서 절대 못 밝힌다고 하면 노형진이 소송을 걸어와도 이길 수 있었다.

실제로 외국에서도 집단 강간 사건을 가짜로 만들어 낸 적이 있었다.

그 집단 강간 사건의 가해자는 실제 있는 모임이었으나 피해자는 가짜였다. 그리고 가해자들이 소송해서 진실을 밝혀내는 데 5년이나 걸렸다.

대놓고 증거가 나오는 사건도 이런데, 개인적 스폰 사건이야 조작은 어렵지 않다.

"그냥 둘 수도 없고."

점점 노형진의 영역이 넓어지면서 자신들의 힘이 약해지

고 있었다.

접대도 뇌물도 점점 줄어드는 상황이, 결코 반갑지는 않았다.

"그 녀석이 우리가 공격한 걸 모르는 걸까?"

"모르지는 않을걸."

"그런데 왜 이렇게 조용하지?"

"응?"

"우리가 공격한 걸 알 텐데."

그들은 당연히 반격이 들어올 거라 생각했다. 그런데 노형진은 생각보다 조용했다.

소송을 한다거나 그럴 줄 알았는데.

"겁먹은 거 아닐까?"

누군가의 말에 다들 살짝 마음이 흔들렸다.

하긴, 자신들이 누군가? 대한민국의 언론을 쥐고 흔드는 사람들이다.

마음만 먹으면 누구 하나 사회적으로 매장하는 건 일도 아니다.

"그렇잖아, 우리가 무슨 기업도 아니고."

더군다나 개인도 아니다.

운이 좋아서 어떻게 무마했다고 하지만, 사실 자신들을 공격하는 건 쉬운 일이 아니다. 소송이 들어와 봐야 언론의자유로 막아 버리면 그만이고.

더군다나 본인 스스로도 인정하지 않았던가, 스폰이라고.

물론 자신들이 생각했던 음성적 스폰이 아닌, 사전적 의미의 스폰이었지만.

"우리가 한꺼번에 움직이면 자기가 어쩔 건데?"

"그건 그렇지?"

"그러니까 겁을 먹은 것 같은데?"

그거 말고는 가만히 있을 이유가 없어 보였다.

그동안의 노형진의 행동을 보면 일단 소송을 걸었어야 한다. 그것도 아주 오래전에.

"찔러볼까?"

"찔러보자고?"

"그 녀석이 겁먹었다면, 우리가 조금만 힘을 주면 알아서 기지 않겠어?"

지금까지 자신들에게 대립각을 세운 놈들이 한두 놈이 아니다. 그런 놈들을 사회적으로 매장하는 건 어려운 게 아니다.

실제로 대한민국을 뒤흔든 만두 파동은, 그 당시에 현장에 갔던 기자와 경찰에게 뇌물을 주는 것을 거절해서 터진 일이었다.

그 전에는 전국에 소규모 만두 공장이 많았는데 그 사건으로 소규모 만두 공장은 다 망하고 대형 업체 위주로 시스템이 재편되었던 것이다.

그 당시에 만두 공장 사장들이 자살하고 그곳에서 일하는 수많은 사람들이 실업자가 되는 등 대한민국이 뒤집혔지만,

문제의 경찰과 기자는 여전히 잘 살고 있다. 언론이라는 방패가 지켜 줬기 때문이다.

"하긴. 한번 밟기는 해야 하는데."

안 그래도 이번 일을 꾸민 이유가 노형진이 하는 일이 자꾸 자신들의 힘을 빠지게 해서였다. 그러니 여기서 꼬리를 말면 다시 기고만장해져서 나설 가능성이 높다.

"어차피 그 녀석이 우리를 공격할 가능성은 높지 않아. 아니, 방법이 없지. 지가 어쩔 거야."

누군가의 말에 잠깐 고민하는 사람들.

노형진이 어떤 사람인지는 대충 알고 있다. 어찌 되었건 기자들이니까.

하지만 탐욕은 두려움을 이기는 법.

"좋아. 어디 한번 찔러보자고."

누군가의 말에 다들 천천히 고개를 끄덕거렸다.

⚖️

"기자?"

"네."

"인터뷰를 하자고?"

"네."

약속도 없이 다짜고짜 찾아온 기자.

그들은 노형진에게 인터뷰를 요청, 아니 요구했다.

'이것들이 미쳤냐?'

노형진은 어이가 없었다.

저들이 한 짓거리를 자신이 모를 리 없다. 그게 얼마 지나지도 않았는데, 자신과 인터뷰를 하겠다고?

"왜 온 걸까?"

함께 있던 손채림은 눈을 찌푸리면서 물었다.

노형진이 한번 손을 보자고 하기는 했지만 아직 한 게 없는 상황이다.

그런데 저쪽에서 먼저 움직일 거라고는 생각도 못 했다.

"아마도……."

노형진은 잠깐 생각을 했다.

이 상황에서 자신에게 사과의 손길을 내민다? 그럴 가능성은 낮다.

그렇다면 남은 것은 단 하나.

"날 한번 흔들어 보려고 하는 것이겠지."

"응?"

"기자들은 바보가 아니야. 그들은 내 성격에 대해서 알겠지. 내 성격이라면 그냥은 안 넘어갈 거라는 걸 예상했을 거야. 그런데 내가 지금은 가만히 있잖아."

"그렇지."

"그러니까 내가 겁먹었다고 판단했을 거야."

"허어?"

노형진은 겁먹은 게 아니다. 다만 조용히 뒤에서 움직일 뿐.

노형진도 안다, 여기서 소송을 걸어 봐야 이길 수도 없고, 이긴다고 해도 실익이 없다는 것을.

그러니 다른 방식으로 준비하고 있을 뿐이었다.

"아마도 간단하게 간을 보는 느낌으로 오는 것이겠지."

"간을 본다고?"

"기자의 권력은 네가 생각하는 것 이상으로 강해."

어지간한 곳은 기자가 왔다고 하면 알아서 기어야 한다. 까딱 잘못해서 찍히면 여러모로 곤란하기 때문이다.

물론 대기업쯤 되면 역관광이 가능하겠지만.

"그러면 어쩔 거야? 그냥 만나?"

"만나야지. 최소한 최후 변론은 들어 줘야 하지 않겠어?"

물론 그들이 변론을 할지 도발을 할지는, 만나 봐야 알 테지만.

⚖

"혹시 스폰 전문 기업이라는 게 사실은 다른 목적으로 만들어진 거 아닙니까? 애초에 모델에게 스폰을 한다는 것 자체가 좀 이상하지 않습니까? 도움을 필요로 하는 사람들은 많은데요."

홍주안이라고 자신을 소개한 기자는 취재하면서 슬쩍 전 안나를 언급했다.

'도발이구먼.'

노형진은 속으로 피식 웃었다.

사과냐 도발이냐 둘 중 하나였는데, 결국은 도발을 선택한 것이다.

물론 예상은 했던 일이다.

"글쎄요. 모델 쪽에 관심이 있는 건 저희뿐만이 아닌 것 같은데요."

"뭐라고요?"

홍주안은 눈을 찌푸렸다.

"그냥 그런 생각이 들어서요. 요즘 모델들에 대한 기자분들의 관심이 너무 과하지 않나 하는 생각이 들어서 말이지요."

"그거야 그분들이 이슈가 되니까 그런 거고……."

'과연 그럴까?'

사실 모델계는 일반적인 사람들과는 거리가 있는 세계다.

언론 메인에 올려 봐야 그저 그런 아이돌보다 못한 게 현실.

그런데 기자들은 아주 큰 관심을 가지고 있다.

"제 대답도 그겁니다."

"방금 무슨 대답을 했다고……?"

"이슈가 되니까 한 거라고요. 어차피 우리도 해당 사업을 홍보해야 합니다. 그렇다면 일단은 이슈가 되는 부분에 투자

하는 게 맞지 않을까요?"

"연예인도 있잖아요?"

"이미 그곳은 투자하는 곳이 많지요."

한번 터지면 수백억을 벌어들이는 아이돌계. 그곳에 투자하는 사람은 많다.

하지만 다른 문화 사업은 그렇지 않다. 만화나 프로그래밍 분야에는 지원 시스템 자체가 없다.

그러니 그들에게 투자하겠다는 것.

그러기 위해서는 일단 그들이 지원해야 한다.

그러니 먼저 이슈가 될 만한 모델에게 지원한 것이라는 대답.

'이 인간이.'

홍주안은 노형진의 말에 눈을 찌푸렸다.

애초에 여기에 좋은 목적으로 온 게 아니다. 적당히 경고해 주러 온 것이다.

그런데 노형진의 행동을 보아하니 쉽게 꺾일 것 같지 않았다.

"그런 식으로 돈을 버리면 좋습니까?"

"네?"

"그런 돈이 있으면 차라리 다른 데에 투자하는 게 어떠냐는 거죠."

돌려서 표현했지만, 노형진은 그가 무슨 말을 하는지 알 것 같았다. 그럴 돈이 있으면 자기들에게 달라는 뜻이다.

'그게 투자냐? 공물이지.'

잘 부탁한다는 일종의 뇌물.

상대방이 자신보다 높다는 일종의 인정.

"뭐, 제가 알 바 아니죠."

"뭐라고요?"

"제가 돈 버리는 것도 아니고 투자자가 결정한 건데요. 저야 한국에서 그분 대변인을 담당하는 것뿐이고."

'내 돈 아니니 저리 꺼져.'라는 간단한 말.

그 뜻을 알아듣지 못할 리 없으니 홍주안의 얼굴은 실시간으로 붉으락푸르락해졌다.

"한국에서 사업하려면 여러 도움이 필요할 텐데요."

그건 인정한다.

그러나 저들의 도움은 아니다.

"인정하지요. 그런데."

"그런데요?"

"취재하러 오신 건가요, 아니면 협박하러 오신 건가요?"

"당연히 취재지요."

"그런데 왜 카메라도 없고 녹음기도 없고 메모도 안 하시는지요?"

홍주안은 아차 싶었다.

대충 돌려서 말하면 알아들을 거라 생각했는데.

'아니야. 알아들은 건 확실해.'

문제는 알아들었음에도 불구하고 꺾이지 않았다는 것.

'씨발, 위에서는…….'

위에서는 분명히 노형진이 기가 꺾였다고 했다. 그러니까 가서 적당히 찌르면 굴복할 거라고.

'기가 꺾여? 어디가?'

못 알아들은 게 아니라 다 알아듣고도 도리어 역으로 도발하는 노형진.

홍주안은 더 이상 길게 이야기할 필요가 없다고 생각했다.

"제가 다급하게 오느라고 필요한 물건을 안 가지고 왔네요."

"이런, 실수를 하셨네요."

"나중에 다시 자리를 잡도록 하지요."

대충 인사를 하는 둥 마는 둥 하고 나가는 그를 바라보면 노형진은 머리를 절레절레 흔들었다.

그가 나가고 난 후 들어온 손채림은 궁금한 듯 문 쪽을 바라보았다.

"뭐래?"

"알아서 기어라, 그리고 적당히 돈 좀 내놔 봐라 정도?"

"미친 거 아냐?"

"그나마 나한테는 예의를 지킨 거야."

노형진이 변호사이고 사회 지도층이다 보니 돌려서 말한 거지, 힘이 없는 사람들에게는 대놓고 요구 사항을 말하는 걸 주저하지 않는다.

"역시나 쉬울 리 없지."

노형진은 한숨을 쉬었다.

이 정도에서 물러난다면 그들이 권력이라는 비틀린 가면 뒤에 숨었다고 볼 수가 없다. 최소한 반성이라도 한다는 뜻이니까.

'반성은 개뿔.'

살짝 기대했지만 결국 그렇게 되지 않는다면 방법은 하나뿐.

"자고로 미친개에게는 몽둥이가 약이라고 하지."

⚖

"자산동결요?"

로버트는 생각지도 못한 말에 당혹스러워했다.

노형진과 함께한 기간이 제법 된 만큼 그가 돈으로 사람을 찍어 누르는 것을 극도로 싫어한다는 것은 충분히 잘 알고 있었다.

지금까지 외부에 자신의 존재를 드러내지 않은 데에는 그런 이유도 있었던 것이다.

그런데 그런 그가 전면적인 전쟁을 선포하다니?

"현재 동원할 수 있는 최대 자산이 얼마죠?"

"지금 자산이 대략 10조 2천억쯤 됩니다."

"생각보다 안 모였네요?"

로버트의 표정이 묘해졌다.

2조가 넘었다고 보고한 지 채 3년이 되지 않았다. 그런데 그사이 10조가 넘어갔는데, 생각보다 안 모였다니.

'뭐, 상관없나?'

노형진은 어깨를 으쓱했다.

어차피 얼마 후면 자신은 역사상 가장 큰 부자가 될 테니까.

'비트코인 최고가 가격이 280만 원이었나?'

지금 비트코인의 가격은 개당 800원 선.

그나마도 한국의 기상청에서 내놓은 슈퍼컴퓨터로 미친 듯이 소위 말하는 채굴을 하고 있으니 말 그대로 무에서 돈이 쏟아져 나오는 꼴이었다.

비트코인은 더 많이 생성될수록 소위 채굴이라고 하는 암호화 단계가 더 복잡해진다. 그래서 지금은 데스크톱 한 대면 될 것이 나중에는 여러 대를 묶어서 시스템화해야 풀 수 있다.

그러나 아무리 다수의 데스크톱을 묶는다고 해도 수백억짜리 슈퍼컴퓨터를 이길 수는 없는 노릇이다.

더군다나 시스템적으로 비트코인이 일정량 이상 발행되면 자동적으로 매년 채굴되는 비트코인의 양이 줄어든다.

너무 많은 통화가 돌아서 가격이 떨어지는 것을 막기 위해서다.

당연히 채굴되는 양은 점점 줄어들 수밖에 없다.

"그 돈 말고 다른 걸 동원하면요?"

"대한민국을 말려 죽이려고 작정하셨습니까?"

'미다스'라는 이름. 그건 어떻게 보면 10조 이상의 자산보다 더 무거운 이름이다.

그가 대한민국의 파산을 예상하면서 자산을 모조리 한국에서 뺀다?

아마 난리가 날 것이다.

전 세계 투자자들이 미친 듯이 돈을 빼려고 할 테니까.

"대한민국이 아니라 기자들을 좀 말려 죽이려고요."

"기자요?"

"네."

노형진은 사정을 슬쩍 말했다.

자산 운영에 관한 것은 자신보다 로버트가 훨씬 고수다. 자신은 그저 어떤 회사가 뭘 성공하는지 정도만 알고 있을 뿐이다.

"그런 일이 있었습니까?"

"네. 기자들이 너무 과한 욕심을 부려서요."

다른 사건이라면 굳이 자산을 이용하지 않았을 것이다.

하지만 이건 개인적인 사건이고 시스템화하지 않아도 되는 타입이니 간단하게 가려고 하는 것이다.

'뭐, 난 간단하지만 저쪽은 난리가 나겠지.'

소위 말하는 '장난삼아 던진 돌에 개구리는 맞아 죽는다.' 같은 상황이 되지 않을까 생각하는 노형진이었다.

"음."

로버트는 노형진이 제시한 조건을 들어 보고 곰곰이 생각에 잠겼다.

언론사들이 다 망하기를 원하는 건 아니다. 하지만 기자들을 한 번은 손봐야 한다.

"어떤 시스템을 생각하고 계신가요?"

"일단은 가장 만만한 게 광고 회사를 압박하는 건데……."

로버트는 고개를 흔들었다.

"그건 그다지 좋지 않다고 생각합니다."

"네?"

가장 흔하고 가장 확실한 방법이 아닌가? 그런데 좋은 방법이 아니라니?

그러나 노형진은 이어지는 그의 말을 듣고 역시 투자 전문가는 다르다는 것을 느낄 수밖에 없었다.

"광고 회사를 압박하는 것은 쉬운 일입니다. 그리고 가장 확실한 방법이지요. 하지만 그렇게 하면, 시간이 지나면 다시 같은 일이 벌어질 겁니다. 광고 자체가 없어질 수는 없으니까요. 직접적인 타격을 줄 수는 있겠지만 기자들 개개인에게 타격을 주기에는 좀 무리가 있습니다."

"그런가요?"

"쉽게 말하면 이런 겁니다. 무차별적인 융단폭격 같은 느낌?"

그러니 누가 피해를 받을지 알 수가 없다는 소리다.

기자들이 썩었다고는 해도 그중에는 여전히 진짜배기도 있다.

독재와 싸우고, 수십 년 동안 진실을 밝히면서, 정치인들과 대기업의 압력에 대항해 온.

"아마 공격이 시작되면 그들 역시 피해를 입을 겁니다."

"그러면 어떤 방법이 좋을까요?"

그냥 넘어갈 수는 없는 노릇.

대한민국 건국 이후 단 한 번도 청소된 적이 없는 언론을, 노형진은 이참에 청소할 생각이었다.

"그냥 사시죠."

"산다고요?"

"다른 나라에는 있는데 한국에는 없는 게 뭔지 아십니까?"

"한두 개가 아닌데."

로버트는 조용히 말했다.

"딕슨입니다."

"아하!"

노형진의 얼굴에 미소가 떠올랐다.

딕슨.

사실 그 이름보다 언론 재벌이라는 말이 더 유명할 것이다.

세계 각국에 위치한 열세 개의 신문사와 다섯 개의 방송국을 가진, 말 그대로 언론계의 큰손.

그렇다고 그가 가진 곳이 그저 그런 규모냐?

아니다. 영국 타임라인이나 미국의 CNA 등, 각 국가에서 가장 큰 곳들이다.

"그분이 한국에 들어온다고 하면 어떻게 될까요?"

"그런데 그분이 들어오려고 하나요?"

노형진은 고개를 갸웃했다.

사실 그의 기억 속에서 딕슨이 한국으로 들어온 일은 없다.

"안 들어오실 겁니다. 이런 말 하면 그렇지만, 한국은 시장이 협소하거든요."

국제적으로 큰 시장이네 어쩌네 하면서 스스로 소위 '자뻑' 하는 성향이 있지만, 사실 한국은 규모 면에서 큰 시장이 아니다.

그럴 수밖에 없는 게, 이런 대기업들은 시장의 구성을 확인할 때 국가별로 구분하는 게 아니라 구성해야 하는 시스템을 확인하기 때문이다.

같은 시스템을 가지고 있는 곳을 묶어서 판단하면, 한국은 다른 나라와 묶일 수가 없다.

중국이나 러시아는 워낙 인구가 많고, 일본에 비해서도 인구도 작고 규모가 크지 않다.

더군다나 한글이라는 자기들만의 글을 써서, 그걸 다시 시스템화하려면 들어가는 돈이 적지 않다.

예를 들어 게임을 보면 알 수 있다.

영어로 게임을 만들면 팔 곳은 많다. 프랑스어를 이용해서 만들어도 팔 곳은 많다.

하다못해 중국어, 러시아어도 구매할 수 있는 사람은 많다.

하지만 한국어는? 오로지 한국 내에서만 팔아야 한다.

"뉴스는 언어를 이용해야 합니다. 시스템을 외부에서 들여오려고 한다고 한다면 상당한 충돌이 있겠지요."

"음."

"하지만 그런 딕슨이라고 해도, 미다스가 부탁한다면야 이름 정도는 빌려줄 겁니다."

"전 개인적인 친분이 없는데요."

"개인적인 친분은 없지요. 하지만 명실상부 세계를 이끌어 나가는 사람들 중 한 명이지 않습니까?"

그들은 서로에 대해서 개인적으로 모른다고 해도 절대로 섣불리 행동하지 않는다.

그들의 단순한 기 싸움은 전 세계적인 전쟁이 되어 버리니까.

"이름을 빌려준다라."

"진짜로 사업하게 해 주지는 않겠지만, MOU 정도야 뭐."

"하긴."

MOU는 사전 양해 각서를 뜻한다.

뭔가를 함에 있어서 협조한다는 수준의 양해를 구하는 것. 법적인 효력도 없는 물건이다.

'그러고 보니⋯⋯.'

노형진은 피식 웃었다.

현 정권이 잘하는 게 바로 그 짓거리니까.

MOU 하나 체결한 것으로 수백만 달러짜리 공사를 체결한 것처럼 홍보했다.

물론 정권이 끝나고 보니 그중에 진행된 건 10%도 안 되었지만.

"가능하겠습니까?"

"어렵지 않을 겁니다. 그분도 저희 쪽에 투자하고 있거든요."

"아, 그래요?"

"네. 어찌 되었건 미다스 아닙니까?"

미다스가 운영하는 투자회사 마이스터.

그 이름의 무게는 어마어마했다.

"좋습니다. 그러면 본사에 이야기해서 이름 좀 빌려 달라고 해 보세요."

"네."

로버트는 씩 웃었다.

그리고 사건은 빠르게 진행되기 시작했다.

⚖️

"뭐라고……?"

미국에서 발표된 충격적 사실.

언론계의 대재벌이자 '언론계의 황제'라 불리는 딕슨이 미다스와 손잡고 한국으로 진출하겠다는 말.

그건 대한민국의 모든 언론을 뒤흔들고도 남는 일이었다.

"이게 무슨 말입니까!"

"이게 사실입니까?"

"사실이랍니다."

"아니, 왜! 그동안 관심도 없었으면서!"

각 언론사의 사장단은 모여서 연일 회의를 할 수밖에 없었다.

그럴 수밖에 없는 게, 한국에서 언론 재벌이니 뭐니 하면서 목에 힘 팍 주고 다닌다고 해도 결국 딕슨의 입장에서 보면 그냥 동네 건물주 수준밖에 되지 않기 때문이다.

막말로 한국의 모든 언론이 다 달려들어도 그가 가진 방송국 하나의 가치만큼도 안 되는 게 현실.

"농담이 아닙니다. 벌써 기자들을 뽑겠다고 한답니다."

"벌써요?"

"네. 마이스터 투자금융에서 본사로 쓸 만한 건물을 보고 있다고 하구요."

"큭."

이쯤 되면 이만저만 큰일이 아니다.

"그래도 우리가 넘어가지는 않을 거 아닙니까? 똥개도 자기 동네에서는 반은 먹고 들어간다는데."

누군가의 말. 순식간에 사장단의 시선이 그쪽으로 쏠렸다.

하지만 그는 나름 자신이 있었다.

"우리 토종의 힘은 강합니다. 야호도 철수한다는 이야기가 나오고 있는데 우리가 겁먹을 필요가 있을까요?"

언론에 있다 보니 대기업들의 정보에 상당히 빠르게 반응할 수 있다.

그리고 한국에서 해외 기업이 쉽게 이끌어 갈 수 없을 거라는 일종의 믿음이 있었다. 실제로 해외 기업들이 한국에 적응하지 못하는 것도 사실이었고.

그러나 이번에는 변수가 있었다.

"이번에는 미다스가 있습니다. 그 미다스가요."

"투자자일 뿐인데요, 뭘."

"미다스가 투자해서 실패한 거 본 적 있습니까?"

다들 입을 꾸욱 다물었다.

없으니까.

정확히는 실패한 곳이 딱 하나 있다.

하지만 그곳은 미다스가 운영하는 마이스터에서 투자한 곳이니, 미다스 개인을 기준으로 했을 때는 단 한 번도 실패한 적이 없는 셈이다.

"실패한 건 감추고 성공한 것만 드러낸 거 아닐까요?"

"그랬다면 이번에도 자기는 감추고 딕슨만 들이밀었겠지요."

"으음……."

자신을 드러냈다는 것, 그건 자신이 있다는 뜻이다.

"더군다나 그가 한국인이라는 이야기는 전부터 있었습니다."

해외의 기업들이 한국에서 기를 못 쓰는 이유는 한국인에 대한 이해가 부족하기 때문이다.

하지만 그가 한국인이라고 한다면 그런 이해가 부족할 리 없다. 그러니 더욱 위협적일 수밖에 없다.

"그래도 우리한테 뭘 어떻게 할 수는 없지 않겠습니까?"

어찌 되었건 그들은 한국을 대표하는 언론사들이다.

재력으로 밟아 버릴 수는 없지만, 이 바닥에서 수십 년을 굴러먹으면서 자신들에게 저항하던 자들을 밟아 왔다.

"어차피 들어와 봐야 크게 성공할 가능성은 그다지 높지 않습니다."

"음."

세계적인 기업이 한국에 와서 죽을 쑤는 경우는 많다.

더군다나 언론사? 이미 완전히 레드 오션이 된 이곳에?

"들어오면 우리가 약점을 잡아서 공격하면 됩니다. 적당히 광고를 주지 못하도록 다른 기업들에 압력을 줘도 되고요."

"하긴."

자신들의 권력은 공고하다. 그리고 쉽게 그걸 내줄 생각은 추호도 없었다.

"일단은 막을 수 있으니 두고 봅시다."

그들은 걱정은 됐지만 그래도 충분히 막을 수 있을 거라 생각했다.

설사 생긴다고 해도, 자신들이 망하지는 않을 거라고.

하지만 그들은 알지 못했다, 노형진의 목표가 그들이 아닌 다른 누군가라는 것을.

　"반갑습니다. 대한민국 지부의 법률 자문인 변호사 노형진입니다."

　노형진은 이번에 새로 선발된 기자들을 바라보고 있었다.

　"여러분들도 아시다시피 코리아 타임라인은 기존 언론과 다르게 탐사 보도와 전문 취재를 기본으로 합니다. 지면의 4분의 1은 해외 언론의 번역판이 올라가고, 나머지 4분의 3은 취재 내역이 올라갑니다. 이 사항은 변동이 있을 수 있습니다. 아직 대표가 선임되지 않아서 제가 담당하고 있지만, 조만간 대표가 선임되면 정상적인 활동을 시작할 것입니다."

　기자들은 고개를 끄덕거렸다.

　확실히 다른 곳들과 달랐다.

　다른 곳은 일단 대표가 갑이다. 하지만 코리아 타임라인은 취재가 우선이라며, 기자를 뽑고 나중에 대표를 선임한다고 했다.

　"그런데 왜 해외 뉴스를 번역해서 올리는 건가요?"

　"대한민국의 언론의 중립성을 믿을 수 없으니까요."

　"아."

"그건 맞네."

이곳에 있는 이들은 인터넷 공고를 통해서 모여든 사람들이었다.

전직 기자들, 그리고 기자 지망생들이나 방송통신 학과 등 관련 학과를 나온 취업 희망생들.

그중에서 노형진이 고르고 골라서 뽑은 사람이었다.

'뭐, 겉으로는 멀쩡해 보이지만…….'

노형진은 그들을 바라보면서 속으로 피식 웃었다.

과연 오늘이 지나면 이 자리에 몇 명이나 남을까?

아니, 오늘도 아니다. 한 시간 내에 여기서 얼마나 남을지 궁금했다.

"해외 뉴스라면 특별히 정해진 분야가 있나요?"

"네, 특히 정치적 문제나 사회적 문제에 대해서는 해외 언론의 주요 논조를 모두 번역해서 올릴 예정입니다."

"언론사들, 이제 해외 뉴스 짜깁기 못 하겠네."

누군가 키득거리면서 말했다.

해외 뉴스 짜깁기란 해외에서 별거 아닌 것을 가지고 한국에서는 당장 나라가 망한다면서 물어뜯는 것을 말한다.

대표적인 예가 바로 알통 사건이다.

모 언론사에서 해외에서 발표한 논문을 이용하여, 근육질이고 튼튼한 사람일수록 보수주의자이며 비리비리하고 약한 사람일수록 진보주의자라고 발표했다.

진보 쪽을 깎아내리기 위한 전형적인 조작 사건이었다.

그러나 실상은 전혀 다른 게, 실제로 그 논문에는 근육질의 사람일수록 자신의 이익에 더 집중하고 그렇지 않은 사람은 상대적으로 타인에게 좀 더 여유롭다고 되어 있었다.

진보니 보수니 하는 이야기는 전혀 없었고 말이다.

결국 그 교수가 항의해서 인터넷에 소문이 돌아 창피란 창피는 다 당했지만, 해당 언론사는 사과도 하지 않았고 증거를 조작한 기자에 대한 징계 역시 없었다.

물론 반대도 가능하다.

가령 미국에 진출한 모 걸 그룹이 거기서 작은 무대라도 올라가면 한국 뉴스는 거기에 국뽕을 잔뜩 섞어서 '걸 그룹, 미국에서 수백 명의 팬들에 둘러싸여'라고 써 버린다.

그런데 실제로는 수백 명의 팬은커녕, 그냥 지나가던 동네 아줌마 아저씨가 대부분.

"여러분들은 바로 취재에 들어가시면 됩니다. 아, 물론 회사 내부 규정에 따라서 금지된 사항이 있습니다. 첫 번째는 특정한 자극적인 단어의 제목 사용 금지입니다. 충격이니 속보니 단독이니 하는 식의 낚시성 제목은 금지됩니다. 물론 완전 금지는 아니지만, 해당 단어를 제목으로 포함하기 위해서는 데스크의 허락을 얻어야 합니다. 또한 모든 제목은 내용과 동일해야 합니다. '누구누구 결혼'이라고 제목을 뽑고 정작 기사 본문에서는 '드라마에서 결혼'이라고 쓰는 건 안 됩니다."

그것 말고도 몇 가지 금지 사항이 있었지만 대부분 고개를 끄덕거리면서 이해를 했다.

한국에서 문제가 되는 방식들이었으니까.

"그리고 당분간 우리 회사에서는 주제를 정해 드립니다."

"주제요?"

"그건 좀……."

기자의 자율성이 필수적인 언론인데 주제를 정해 주다니?

"자율성이 중요하지요. 하지만 자율성을 이용해서 만만한 것만 건드리는 부분이 있으니까요. 1년에 2회 이상 정해진 주제에 대해서 심층 보도를 하지 않으면 최고 해직까지 가능합니다."

"음."

상당히 부담스러운 방식이다. 해직까지라니.

"시작하자마자요?"

"우리도 자리를 잡아야 하니까요. 그러니 여러분들에게 이 주제를 드리는 겁니다. 아, 여기서 이 주제를 받아들일 수 없다 하는 분은 나가시면 됩니다. 여러분들의 선택이지요."

"도대체 무슨 주제이기에……?"

고개를 갸웃하면서 주제를 받아 든 기자들의 얼굴이 하나둘 사색이 되어 갔다.

"이, 이건……."

"싫으면 나가시면 됩니다."

노형진은 씩 웃었다.

그리고 기자들은 서로 눈치를 보기 시작했다.

"왜? 문제라도 있나요?"

"이런 씨팔! 지금 장난해!"

기자 한 명이 언성을 높였다.

"기자를 취재하라고? 어?"

"네."

그 안에 있는 내용. 그건 다름 아닌 기자들을 취재하라는 것이었다.

"지금까지 기자들은 제대로 수사받은 적도, 견제받은 적도, 당연히 취재를 받은 적도 없이 무소불위의 권력을 휘둘렀지요. 제가 알기로는 대한민국이 생기고 나서 단 한 번도 제대로 검증된 적이 없어요. 안 그런가요?"

"……."

"우리는 자리를 잡아야 합니다. 그러기 위해서는 썩을 대로 썩은 반대파를 공격해서 우리를 어필하는 게 최선이 아닐까요?"

부들부들 떠는 사람들.

그들은 대부분 다른 곳에서 기자 생활을 한 적이 있는 사람들이었다.

'그렇겠지.'

끼리끼리 뭉쳐서 살아왔으니 그들의 입장에서는 건드릴 수가 없는 것이다.

만일 건드리면?

그들도 자신들을 공격할 것이 뻔한 일.

"아, 그리고 우리 회사에서는 길들이기 금지입니다."

"뭐?"

"기자를 키운답시고 별 시답잖은 짓거리를 시키지 말라는 거죠."

신입 기자들의 삶은 불평등하고, 불편하며, 또한 정의롭지 못하다.

선배 기자들은 취재를 위해서 신입 기자들을 경찰서에 2주 씩 대기시키거나 그가 가지고 온 뉴스 소스를 빼앗기도 했다.

"물론 선배로서 가르치는 것은 가능합니다. 하지만 대기 같은 것은 정해진 규칙에 따라서 돌아가면서 합니다. 특히 신입이라고 해서 기회 자체를 빼앗는 것은 절대 금지입니다."

물론 신입 기자들이 경찰서에서 2주씩 대기하면서 뭔가를 물어 와 터트려 주는 것은 문제가 되지 않는다.

아무리 세상이 바뀌어도 모든 부조리가 사라지지는 않을 뿐더러, 2주간 대기하면서 취재를 해 보는 것도 소중한 경험이니.

진짜 문제는 그렇게 얻은 정보를 선배라는 작자들이 빼앗아서 자신들이 터트리는 것이다.

"자기가 취재한 것은 자기 이름을 걸고 나갑니다."

노형진의 말에 모여 있던 기자들 중 일부가 자리에서 벌떡 일어났다.

"안 해, 씨발!"

"조 까!"

"누가 이딴 데서 일한대!"

욕을 퍼부으며 바깥으로 나가는 인간들.

잠시 후 남은 것은 그중에서도 올바른 기자들과, 신입으로 보이는 사람들뿐이었다.

'내 이럴 줄 알았다.'

검증이라는 간단한 단어에 분노하면 뛰쳐나간 기자들.

그들은 대부분 기성 기자들이었다.

"이렇게 될 줄 알았습니다."

누군가 걱정스럽게 말했다.

"같은 기자를 잡아먹으라고 하는데 누가 하려고 하겠습니까?"

"그래도 하실 분들이 많이 있네요."

"하아."

"성함이?"

"임주택이라고 합니다. 전에 아침일보에서 일했습니다."

"그렇군요."

대충 알 것 같았다.

여기에 남아 있는 걸 보니, 올바른 소리 하다가 잘렸겠지.

안 그랬다면 지금쯤 저들과 같이 바깥으로 나가 버렸을 것이다.

"알겠습니다, 임주택 부장님."

순식간에 임주택은 멍한 얼굴이 되었다.

부장이라니? 부장이라니?

"네? 그게 무슨……."

"여기 남은 대부분이 초짜 아닙니까? 그러니까 경험자를 상급자로 정해야지요."

"하지만……."

그래 봤자 그의 경험은 고작 5년이다. 부장급을 할 연차가 아니다.

"상관없습니다."

노형진은 안다는 듯 고개를 끄덕거렸다.

"우리는 연차로 승진하지 않습니다. 신념으로 승진시킵니다."

그 말에 다들 입이 쩍 벌어졌다.

"자, 그러면 나간 만큼 사람들을 더 뽑아야겠군요."

노형진은 씩 웃으면서 신입들을 바라보았다.

"여기 계신 분들 상당수가 신문방송 학과를 나오셨더군요. 주변에 놀고 있는 사람이 있다, 손 들어 보세요."

억울하면 말하세요

"뭐라고!"

편집장들은 동료들에게서 연락을 받고 부랴부랴 모여들었다.

"그게 사실입니까!"

"사실입니다. 기자들을 취재하겠답니다."

"이런 미친 새끼들!"

"돈 거 아냐!"

지금까지 기자들은 취재 대상이 된 적이 없었다.

실제로 성추행이나 강간, 심지어 살인까지 벌어진 적이 있었지만, 대부분의 정보는 감춰지는 것이 현실이었다.

"같이 죽자는 거야, 뭐야!"

사실 이들이 이렇게 기겁하는 데에는 이유가 있었다.

이 바닥에서 켕기는 거 하나 없는 놈이 없기 때문이다.

아니, 켕기는 게 문제가 아니다.

"시스템이 무너질 겁니다."

기자가 없으면 기사도 없다.

그런데 대놓고 말해서, 기자들을 취재하면 소속 기자들의 70%는 실형을 피할 수가 없는 게 현실이다.

기자의 70%가 날아갔는데 어떻게 회사가 운영되겠는가?

"이런 미친 새끼."

각 편집장들은 얼굴이 사색이 되었다.

믿는 구석이 있어서 들어올 거라 생각은 했지만 설마 기자들을 취재 대상으로 삼을 줄은 몰랐다.

"어쩌죠? 이거 그냥 두면 큰일 납니다."

기껏해야 광고 회사들에 압박을 가하거나 할 거라고 생각했는데 기자들을 취재한다니?

그동안 그들이 들어오는 걸 막으려고 회사들에 압력을 준 것이 의미가 없게 된 것이다.

"어떻게 막아야 하죠?"

"일단은 우리가 선공합시다."

"하지만 때릴 만한 게 없어요."

코리아 타임라인에 있는 기자들은 대부분 열혈이 넘치는 젊은 기자들이다. 그 위에 있는 사람들도 바른 소리 하다가 쫓겨난 사람들 위주로 되어 있다.

물어뜯고 싶어도 마땅한 게 없는 것이다.

"일단 사장님에게 보고를……."

이만저만 큰일이 아니기 때문에 그것 말고는 이들이 할 수 있는 게 없는 것 같았다.

"큰일 났습니다!"

"무슨 호들갑이야! 중요한 회의 중인 거 안 보여!"

다급하게 들어온 홍주안. 그는 편집장을 붙들고 하소연을 하기 시작했다.

"이 새끼들이 미쳤나 봅니다."

"미치다니?"

홍주안이 다급하게 찍어 온 사진을 들이밀자 그걸 본 편집장들은 얼굴이 사색이 되어 버렸다.

⚖

"기자를 취재하다, 좋은데?"

"내가 이 정도는 기본이지."

손채림은 미소를 지으면서 말했다.

"어차피 취재하려면 취재원이 많아야 하지 않겠어?"

"그렇겠지."

손채림은 노형진을 도와주기로 했다.

그 방법은 다름 아닌 대국민 홍보.

"그동안 기자들에게 당한 사람들이 한두 명이 아닐 거 아냐?"

"그렇지."

지금까지는 기자들이 무슨 짓을 저질러도 은폐되었다.

같은 기자들이 은폐해 주는 것도 있고, 경찰이나 검찰도 기자를 잘못 건드리면 여러모로 피곤하니까 적당히 벌금 선에서 처벌하고 만다.

막말로 기자가 사람 하나 말려 죽여도, 미안하다는 소리 한마디 안 해도 되는 게 대한민국.

"그러니 그들을 모으려고."

전국에 수천 개의 플래카드와 엄청난 양의 전단지가 뿌려졌다. 그리고 인터넷에서 피해자를 찾는다는 말이 계속 퍼지고 있었다.

"거기에다 현상금까지 걸었지."

제보자에게 최대 1천만 원의 현상금까지 걸었다.

"기자들에게 당해서 망한 사람이라면 여건이 안 좋을 테니까."

그 의견을 낸 것이 바로 손채림이었는데, 그녀의 말대로 그동안 기자들에게 당한 사람들이 너도나도 찾아왔다.

증거를 가지고 찾아오는 사람도 있었고, 증거 없이 당했다고 주장하는 사람도 있었다.

어떤 식이든 상관은 없다. 일단 전담 기자가 붙어서 취재할 테니까.

"그나저나 한국 언론이 이렇게 개판일 거라고는 생각을 못

했는데."

손채림은 코를 찡그리면서 말했다.

그럴 수밖에 없는 게, 돈을 요구하는 것은 기본이고 성 접대를 요구한 경우도 심심치 않게 많았던 것이다.

"물론 전부 이런 건 아니지. 문제는 이런 놈들이 위로 올라간다는 거야."

제대로 취재하고 파고드는 사람들에게는 돈이 모일 수가 없다. 정치인 같은 놈들이 이를 악물고 소송을 걸어 대기 때문이다.

하지만 이런 식으로 돈을 빼앗는 놈들은 그 돈을 뇌물로 줘서 계속 위로 올라간다.

"전에 어떤 기자가, 그래서 빡쳐서 장난질을 한 적이 있어."

"어떤 거?"

"기사에다가 '편집장 일 안 한다. 같이 시말서 써 보자.'라고 써서 낸 거지."

"헐? 진짜?"

"그래. 진짜 문제는, 그게 정말로 나갔다는 거야."

도대체 위에 올라간 놈이 얼마나 일을 안 하면 그런 일이 벌어질 수 있겠는가?

매일같이 나가서 접대받고 출근하자마자 사우나에 가서 퍼질러 자는 놈들로 가득하니, 그런 일이 벌어질 정도로 일이 제대로 되지 않았던 것이다.

"지금까지 기자들의 권력은 견제할 곳이 없었으니까."

아무리 끼리끼리 붙어먹는다고 해도 일단 대한민국의 시스템은 삼권분립이라도 되어 있다. 그러니 명목상으로라도 그들은 서로를 견제할 수 있다.

하지만 기자는?

"그런 게 없지."

그러니 상황이 이렇게 개판이 된 것이다.

신념이 아니라 돈을 따라가는 기자들.

"그나저나 이놈들이 그냥 이렇게 쉽게 당할까?"

노형진은 부정적이었다.

수십 년을 권력을 쥐고 있던 놈들이 그걸 쉽게 놓으려고 하지는 않을 것이다.

"어떻게 해서든 막으려고 하겠지."

"어떻게?"

"아마도 제일 좋은 방법은……."

"인쇄를 해 주겠다는 곳이 한 곳도 없습니다."

임주택은 걱정스러운 표정으로 말했다.

물론 인터넷 홈페이지를 통해서 전자신문으로도 서비스를 하겠지만 한국에서 아직 주력은 종이 신문이다. 그런데 그

많은 인쇄업체들 중에서 신문을 만들어 주겠다는 곳이 한 곳도 없었다.

"이게 얼마나 큰 건인지 알 텐데도요."

매일같이 나오는 신문의 특성상 계약을 하게 되면 어마어마한 돈을 벌 수 있다.

그럼에도 불구하고 누구도 인쇄해 주려고 하지 않는 상황.

"예상은 했습니다."

"예상했다고요?"

"그들이 우리를 직접적으로 때릴 수 있는 방법이 없으니까요."

섣불리 공격하자니 도리어 아직 유명하지도 않은 코리아 타임라인을 홍보해 주는 꼴이 된다. 그러니 공격은 때가 이르다.

그렇다면 남은 것은 아예 나오지 못하게 하는 것.

"원래대로라면 기자들을 공격하는 게 정상이겠지만, 우리 쪽은 대부분 신입이니 공격할 만한 건더기가 없을 테니까요."

"그러면 종이 신문은 포기하는 겁니까?"

"천만에요."

노형진은 씩 웃었다.

"인쇄업체가 한국에만 있으라는 법은 없지 않습니까?"

"네?"

"제가 왜 우리 회사에서는 속보를 가능하면 취급하지 않는다고 했는지 아십니까?"

"왜요?"

노형진은 신문 한 장을 스윽 내밀었다.

그리고 그걸 본 임주택의 눈꼬리가 미미하게 떨렸다.

"이건? 타임라인 창간호?"

자신이 어떻게 해서든 인쇄해 보려고 노력한 신문.

바로 그 신문이 자신의 손안에 있었다.

"어, 어떻게……?"

"중국에서 해 왔습니다."

"중국요? 어째서요? 중국에서 한다면…… 아!"

중국에서 해 온다면 속도는 느리다.

하지만 타임라인이 속보나 긴급으로 나갈 게 아니라 탐사 전문으로 나간다면 그다지 급할 게 없는 것도 사실이다.

실제로 중국에서 인쇄해서 들어오는 인쇄물도 많으니까.

"중국에 있는 인쇄소에까지 그들이 신경을 쓸까요?"

임주택은 그걸 보면서 기가 막혔다.

이미 어떻게 나올지 알고 또 그 해결책까지 만들어 놨으면 서도 왜 자신을 뺑뺑이를 돌게 시켰단 말인가?

"제가 하려고 한 건요?"

"한 번만 나올 게 아니니까요."

운이 좋아서 임주택이 인쇄소를 찾는다면, 아무래도 중국 보다는 한국에서 출력하는 것이 더 빠르고 질도 좋다.

"그리고 임 부장님 뒤쪽으로 사람이 붙었을 텐데요?"

임주택은 씁쓸한 미소를 지었다.

자신을 따라다니던 기자들.

너무 대놓고 따라다니니 이건 뭐, 미행이라고 할 수도 없었다.

"저들은 지금 우리를 어떻게든 막아야 합니다. 그러니 임주택 부장님이 어딜 가든 따라다닐 겁니다."

"시선을 돌린 거군요."

"네."

어지간한 인쇄소에는 압력을 가해 놨지만 어지간하지 않은 작은 곳에서 해 주려고 할지도 모른다.

그럴 때는 따라간 기자들이 남아서 그들을 협박하는 것이다.

실제로 해 주기로 했던 곳 중 세 곳이 채 두 시간도 지나지 않아 다급하게 전화해서 못 한다고 하였다.

"전 그 사이에 스윽 들어온 거죠."

"몇 부나요?"

"300만 부요."

"에엑?"

무려 300만 부라는 말에 임주택은 기겁했다.

한국에서 제일 많이 발행하는 신문이 200만 부가 안 된다. 그런데 300만 부?

"원래 전쟁의 기본은 대출혈 서비스부터입니다."

가게가 새로 열었을 때 홍보하는 가장 좋은 방법은 뭘까?

바로 돈을 쓰는 것이다.

음식값을 깎아 주고, 좋은 재료를 쓰고, 양을 푸짐하게 하고.

"그렇게 해서 자신을 각인시키고 경쟁 업체를 고사시키는 것이 기본이지요."

"하지만……."

"만일 이렇게 해서 기자들을 충분히 처리한다면, 우리가 치고 올라가는 게 어려울까요?"

임주택은 고개를 흔들었다.

기자들이 없으면 신문은 부실해질 수밖에 없고, 신문이 부실해지면 광고도 떨어질 수밖에 없다.

"광고를 공략하는 건 의외로 의미가 없더군요."

시간이 지나면 다시 과거로 돌아갈 거라는 로버트의 말.

노형진은 수긍할 수밖에 없었다.

'하지만 신문사라면 이야기가 달라지지.'

같은 기자라도 잡아먹는 신문사, 그것도 대형 신문사가 있다면 기자들은 몸을 사릴 수밖에 없다.

"그리고 한국은 글로벌화되었지요."

그러나 한국 언론들은 아직 우물 안 개구리 성향이 강하다.

해외 취재는 돈 때문에 못 한다고 해도, 최소한 제휴라도 해서 번역을 올릴 수도 있는데 말이다.

"하긴, 공평하게 보기 위해서 영어를 배운다는 사람이 나올 정도이니."

임주택도 알 것 같다는 듯 고개를 끄덕거렸다.

"하지만 그래도 300만 부는 너무 많은데요. 다 팔릴 것 같지 않은데."

"안 팔 건데요."

"네?"

"이거 그냥 뿌릴 겁니다."

입을 쩍 벌리는 임주택.

그 어마어마한 양을 그냥 뿌리겠다고?

"아니, 그걸 왜 뿌려요? 설사 뿌린다고 한들, 사람들이 볼 것 같습니까?"

창간호인지라 아직 내용도 부실하다. 더군다나 다른 언론사들의 압력으로 인해서 광고도 하나 붙지 않았다.

그런데 그걸 뿌린다고?

"이 회사 주인이 누구라고 생각하세요?"

"아아아."

딕슨과 미다스. 그 두 사람이면 이 정도 지출은 아무것도 아닐 것이다.

더군다나 그렇게 함으로써 한국 언론의 씨를 말려서 자리 잡는 게 목적일 테니.

"그런다고 사람들이 볼지⋯⋯."

"볼 겁니다."

"어째서요?"

"한번 읽어 보세요."

임주택은 그걸 천천히 읽어 보기 시작했다.

아직 부실하고 여러모로 부족한 신문이다. 그리고 내용의 대부분을 차지하는 광고가 없으니 두께도 참 얇았다.

'이거 참, 이걸 누가 본다고.'

그리고 마지막 페이지에 도착했을 때, 그의 눈은 마치 등잔처럼 커다랗게 뜨였다.

⚖️

"종규야, 너 그거 봤어?"

"뭐?"

"지하철에서 무료로 나눠 주는 신문."

"아니. 왜?"

"그거 난리 난 거 알아?"

"무료 신문이 한두 개야?"

이 시대에는 무료 신문들이 하나씩 등장하고 있었다. 그래서 그다지 신경 쓰지 않고 나왔는데 난리가 나다니?

"그거 상금이 10억이래."

"뭔 상금?"

"신문 독후감 대회."

"뭔 개소리야?"

"진짜라니까!"

신문을 읽고 독후감을 써서 제출하면 열 명에게 1억씩, 총 10억의 상금을 준단다. 어마어마한 돈이다.

"미친 거 아냐?"

"미친 거 맞다니까."

거기에다 청소년부 네 명, 청년부 세 명, 장년부 세 명이라고 되어 있다. 즉, 자기 같은 청소년들도 충분히 할 수 있다는 소리다.

"이거 끝내준다. 지금 애들이 그거 돌려 보고 난리도 아니야. 나도 이따가 가서 하나 주워 올까 봐."

"그냥 보내면 안 되는 거야?"

"신문에 붙어 있는 응모권이랑 같이 보내야 한대."

"호오?"

그 사실 때문에 사람들은 너도나도 신문을 보기 시작했다.

물론 아예 신경도 쓰지 않는 사람도 있지만, 그런 사람들은 언론 자체에 관심이 없는 부류니까.

"안 되겠다. 야, 수업 째고 가지러 가자."

친구는 아무래도 누군가 다 가지고 갈 거라 생각한 건지 영 불안한 눈치였다.

"그럴까?"

무려 1억이다.

복잡한 글을 쓰는 것도 아니고 단순 독후감인데 말이다.

"에이, 너나 다녀와라. 난 공부하련다."

"역시 금수저 집안은 달라. 쳇."

"금수저가 중요한 게 아니라 학점이 중요한 거거든."

"야, 그럼 나 대출 부탁."

대리 출석을 부탁하고 후다닥 나가는 친구를 바라보던 종규는 피식 웃었다. 그리고 자신의 수업에 집중하기 시작했다.

그렇게 세 시간짜리 수업이 끝날 때쯤, 옆에 친구가 다시 와서 앉았다.

"벌써 다 쓰고 온 거야? 빠르네."

종규는 친구를 보면서 빈정거렸다.

그런데 친구의 표정이 영 좋지 않았다.

"야, 왜 그래? 뭔 일 있어?"

"어, 그게……."

그는 상당히 곤란한 듯 안절부절못했다.

"왜 그래?"

"그러니까……."

"무슨 일인데? 뭔 일 터졌냐?"

"아, 씨발. 모르겠다. 어차피 알 일이기는 한데……. 아오, 씨발. 이거 내 잘못 아니다. 내 탓 하지 마라."

"뭔 개소리야?"

"네 여자 친구 있잖아."

"응? 내 여자 친구가 왜?"

모 소속사에서 연습생으로 있는 여자 친구에 대해서 말하자 종규는 피식 웃었다. 열애설이라도 터졌나 싶었던 것이다.

"누구랑 사귄다고 하디?"

"그러니까, 그렇게 볼 수도 있는데."

"에이, 내 여자 친구가 누군데. 그럴 리가."

"에효, 씨발. 난 모르겠다. 난 진짜 말 못 하겠다."

친구는 결국 자신이 가지고 온 신문을 내밀었다.

그리고 그걸 받아서 펴 든 종규의 얼굴은 딱딱하게 굳어졌다.

"크흠, 그러니까…… 내가 너희 아버지 얼굴을 알잖아. 여자애는 모자이크 처리되기는 했는데 저 옷…… 전에 우리 만나러 왔을 때 입은 옷이잖아. 옷도 그렇고 가방도 그렇고 액세서리도 그렇고, 분위기랑 키도 비슷하고……."

자신의 아버지와 함께 호텔에서 나오는 사진이었다.

"이……."

종규는 믿을 수가 없었다.

사진 속에 있는 사람은 아버지가 확실했다. 그리고 모텔에서 나오는, 여자 친구로 보이는 여자.

"그, 그럴 리 없는데…… 그럴 리 없는데……."

그럴 리 없다.

여자 친구를 아버지에게 소개시켜 준 게 3주 전이다. 그런데 이 사진은 닷새 전에 찍혔다고 되어 있다.

우당탕!

종규는 자리에서 벌떡 일어났다. 가방이고 뭐고 챙기지도 않고 바깥으로 튀어 나갔다.

뒤에 남은 친구는 그런 종규를 보면서 계속 한숨만 내쉬었다.

"아, 씨발. 큰일 났네."

하지만 그가 할 수 있는 건 없었다.

쾅!

문이 부서지는 소리를 내면서 열리자 종규는 안으로 들어 갔다.

아버지가 심각한 얼굴로 신문을 보고 있었다.

"조, 종규야……!"

그를 보고 깜짝 놀란 아버지.

하지만 종규는 그런 모습에 아무런 관심도 없었다.

"이거…… 당신 맞지."

"다, 당신이라니! 아빠한테!"

옆에 있던 엄마가 기겁하면서 말렸지만 이미 종규의 눈에 는 보이는 게 없었다.

"이거, 당신 맞지!"

"아니, 그건…….."

"옆에 있는 건 누구야? 연주 아냐?"

"아니, 그건……."

말을 하지 못하는 아버지.

사실 이건 빼도 박도 못하는 상황이다.

기사 자체도 단순히 접대를 받았다는 게 아니다.

아들의 여자 친구를 소개받은 아버지가, 그녀의 소속사 대표에게 압력을 행사해서 그녀로 하여금 자신에게 성 접대를 하도록 만들었다는 것.

그러니까 아들의 여자 친구를 아버지가 강간했다는 뜻이다.

"야, 이 개새끼야!"

종규는 주먹을 쥐고 그에게 날아들었다.

⚖️

"이거 난리가 났네. 아오, 씨발……."

김연광은 동기 녀석이 물어 온 뉴스를 보면서 입술을 깨물었다.

"아오, 눈치 빠른 새끼."

유명 언론사 편집장이 자기 아들의 여자 친구를 강간한 사건.

사람들에게 충격을 안 줄 수가 없는 사건이었다.

"뭐 하나 물어야 하는데."

그 사건을 물어 간 놈은 벌써 보너스를 받았다면서 싱글벙글인데 자기는 한 건도 뽑아내지 못했다.

"아오, 다 똑같은데 다들 소스는 어디서 뽑아내는 거야?"

김연광은 짜증스러운 시선으로 주변을 둘러보았다.

다른 사람들하고 다르게 그에게는 소스가 나올 만한 구멍이 없었다. 그래서 경찰서에까지 왔지만…….

"주제가 기자인데 여기서 내가 뭐 하는 짓인지."

그는 한숨을 내쉬면서 고개를 푹 숙였다.

이러다가는 혼자서 나가떨어질 판국이다.

"아, 씨발. 어떻게 들어간 자리인데."

다른 사람들보다 학점이 낮았던 그였기 때문에 신방과를 나왔어도 취업도 힘들었다. 그래서 애써 들어간 곳이 바로 코리아 타임라인이다.

그런데 아무것도 취재하지 못하면 자기만 낙오되는 꼴이 아닌가?

"어? 뭐야? 연광이 아냐?"

누군가 자신을 부르는 소리에 그는 무심결에 고개를 돌렸다가 기겁했다.

"너…… 꼴이 왜 그래?"

떡 진 머리에 씻지도 않아서 꼬질꼬질한 모습, 언제 갈아입었는지 알 수도 없는 꼴의 여자가 자신을 바라보고 있었다.

"주린이 맞아?"

"용케 알아본다."

"너 이런 애였냐?"

"이런 애가 아니라 이런 꼴을 당한 거지."

서주린.

같은 학과 동기생이고, 자신과 다르게 공부를 곧잘 했던 친구다. 학과 내에서도 공인 미녀로 통해서 한때 자신이 마음을 품은 적도 있었다.

하지만 졸업하고 그녀는 유명 신문사의 기자로, 자신은 그냥 백수로 신분이 바뀌면서 접었지만.

"설마 그 소문의 무한 대기냐?"

무한 대기.

신입을 가르친다는 명목하에 후임들을 경찰서나 검찰 등에 무조건 대기시키는 악습.

그리고 뭐 하나 나오면 싹 빼앗아 가는 악습.

다른 사람들이야 잘 모르지만 신방과 선배들에게서 지긋지긋하게 들은 말이다.

심한 경우 한 달 가까이 집에 가지도 못하게 한다던가?

"어휴…… 죽겠다. 야, 너 돈 있으면 커피 한 잔만 사 줘라."

"헐?"

"보아하니 네가 나보다 꼴이 좋구만. 거기에다 너도 기자 된 것 같은데."

"아…….."

명찰에 쓰여 있는 기자라는 이름을 보고 알아차린 모양이다.

"나 돈 없어. 커피 하나만 사 줘."

"밥 사 줄게. 나가자."

그 말을 하면서 김연광은 씁쓸한 미소를 지을 수밖에 없었다.

⚖️

"와, 진짜 맛있다. 2주간 자장면만 먹었더니 죽을 것 같았는데."

불고기를 먹으면서 정신을 차리지 못하는 서주린을 본 김연광은 안쓰러워졌다.

"넌 큰 신문사에 가더니 꼴이 왜 이래?"

"가면 뭐 하냐."

수습 기간이라 월급은 박봉이고 무한 대기라 어디에 가지도 못한다.

지금도 밥 먹으러 나왔다는 사실을 알면 아마 불호령이 떨어질 것이다.

"넌 어디야?"

"코리아 타임라인."

"아, 소문의 그곳? 대우 좋다던데?"

"좋지. 일단은 정규직이잖아."

자신의 연봉을 말하자 밥을 먹던 서주린이 한숨을 쉬면서 숟가락질을 멈췄다.

"내 연봉의 두 배네."

"뒤에 누가 있는지는 다 아니까."

"부럽다. 거기 추가 증원 안 하냐? 나도 가고 싶네."

"안 그래도 아는 사람 있으면 추천해 달라고 하던데."

말을 하던 김연광의 눈에서 순간 빛이 나왔다. 갑자기 좋은 생각이 난 것이다.

"너 나 좀 도와주라."

"야, 내가 뭘 도와줘. 너보다 고작 5개월 먼저 취업했어. 그나마도 난 수습이고 넌 정규직이잖아. 도와주려면 네가 날 도와줘야지."

"상부상조하자."

"응?"

"사실은……."

그는 지금 위에서 어떤 주제로 취재하라고 했는지 말했다. 그리고 그와 관련된 문제도.

"그래서?"

"저기 대기하는 기자들 많지?"

"많지."

"대부분 수습이지?"

"대부분? 아니, 100% 수습이다."

"거기 소스 좀 없냐?"

"소스?"

"그래. 위가 없어지면 아래가 승진하는 거 아니겠어?"

서주린의 눈에서도 빛이 났다.

안 그래도 자신을 집요하게 괴롭히는 선배가 짜증 나 죽을 판국이었다. 사실 그건 사회생활이라고 생각하고 참을 수 있는데, 가끔 자신을 음탕하게 바라볼 때면 돌아 버릴 지경이었다.

이 무기한 대기 상태도, 같이 술이나 한잔하자는 거 거절했더니 다짜고짜 경찰서에 던져 버린 거다.

"뭐 좀 없을까?"

"글쎄, 이야기는 해 봐야겠지만."

거기서 대기하는 사람들 중에 위에 불만이 없는 사람이 없다.

거기에다 어느 정도 연차가 있는 애들은 슬슬 소문을 많이 듣기도 했다.

이들의 대화는 대부분 선배에 대한 뒷담화로 이루어지니까 걸리는 게 적지는 않을 것 같다.

"너 학교 다닐 때도 잔머리 하나는 끝내주더니."

오랜만에 서주린의 얼굴에 화색이 돌았다.

자신을 여기에 처박은 놈에게 복수를 할 수 있는 기회가 온 것이다.

"나부터 꼰지르자. 대신에 너희 회사에 꽂아 주는 거지?"

"소개는 해 줄 수 있지."

"그거나 그거나. 이거 익명 처리되는 거지?"

"당연하지."

"내 사수 새끼가 있잖아, 들리는 소문에 의하면 강남에서 운영되는 보도방에 투자했다고……."

그렇게 차곡차곡 정보가 흘러들어 오기 시작했다.

⚖️

"김 형사, 이거 어떻게 안 돼? 나 이거 터지면 큰일 나."

상황이 안 좋아지자 가장 바빠진 것은 경찰과 검찰이었다.

기자들이 찾아와서 어떻게 해서든 자신 좀 빼 달라고 부탁, 아니 읍소를 하기 시작한 것이다.

하지만 경찰이라고 해서 어떻게 해 줄 수 있는 게 아니었다.

"저희도 어떻게 해 드리고 싶지만……."

그들은 힐끔 기자실이 있는 방향을 바라보았다.

"여기서 기자들이 대기하고 있어서."

"아니, 그게 말이라고……!"

"타임라인 쪽도 있어요."

"크윽."

전이라면 좋은 게 좋은 거라고 은폐해 주거나 축소해 줬을 테지만 지금은 그게 안 된다.

타임라인은 막강한 자본력을 바탕으로 사방에 뉴스를 거의 뿌려 대고 있기 때문이다.

더군다나 한 번도 정화되지 못한 언론 권력의 특성상 부패가 이만저만이 아니라서, 사람들의 관심을 끌어 무마할 수 있는 상황도 아니었다.

"이런 개새끼들."

부패한 기자들은 이를 박박 갈았다.

하지만 방법이 없었다.

워낙 다급한 나머지 다른 기업들을 통해서 압력을 넣어 보려 했지만, 그 대답은 우리더러 전쟁을 하라는 것이냐는 말뿐이었다.

어줍잖은 기업은 마이스터 투자금융과의 전쟁에서 이길 수가 없다.

결국 같이 싸워 주려면 10위권 안에 드는 대기업이어야 하는데, 그들이 언론사도 아니고 부패한 기자들을 살려 주자고 마이스터 쪽과 싸울 리 없다.

"으으으……."

기자들의 얼굴이 갈수록 새하얗게 질려만 갔다.

⚖

"박 편집장 어디 갔어요?"

정기적으로 모이는 회의에 오지 않은 박 편집장의 자리를 보고 누군가 물었다.

그러나 그에 대한 대답은 비참했다.

"하와이로 도주했습니다."

"도주?"

"네. 비자금을 횡령한 사실이 드러나서⋯⋯."

"크윽."

한 명씩 차근차근 모가지가 날아가고 있다.

"회사에는 뭐랍니까?"

"회사에서도 알아서 하라고⋯⋯."

기자들이 많이 날아가면 자기들이 손해이기는 하지만, 그렇다고 기자들의 부패가 계속 드러나는 와중에 그들의 편을 들어 주면 언론사의 입장에서도 곤혹스러울 수밖에 없다.

더군다나 전쟁을 하자니 마이스터 쪽의 말이 너무나 무서웠다. 만일 도발한다면 우리가 다 매달려서 광고를 끊어 버리겠다고.

"아무리 회사가 다급해도 우리 때문에 광고를 포기하겠습니까⋯⋯."

마이스터 쪽 광고만 이야기하는 게 아니다.

어떤 회사든 이 상황에서 마이스터와 척을 지려고 하지는 않을 것이다.

당장 딕슨이 까려고 하면 한국의 10대 기업도 미국에서 철수하지 않을 수가 없는 판국인데, 누가 싸우려고 하겠는가.

"난 이혼소송을 당했습니다."

그나마 양심적인 사람이 그 수준이다.

룸살롱에서 접대받은 사진 수십 장이 뿌려진 탓이다.

"허허, 우리 신세가 어쩌다가……."

이혼소송을 당한 것은 그뿐만이 아니었다.

창피하다면서 자식들은 사람 취급도 안 한다.

딸보다 어린 여자한테 접대받은 걸 들켜 딸이 의절을 선언한 경우도 있었다.

오죽하면 기자들 중에서 처벌이 5년 형 이하로 나오면 착하게 살았다는 말이 나올 지경.

"지금이라도 한번 빌어 볼까요?"

자기들의 욕심을 위해서 한번 건드려 본 건데 그게 자기들의 모가지를 날려 버릴 줄은 몰랐던 기자들은 우울하게 중얼거렸다.

"뒤에 미다스가 있다는 걸 알면서도 싸워서 이길 거라 생각했다니. 이 정도인 줄 알았다면 안 그랬을 텐데."

그들은 후회했지만, 방법이 없었다.

"지금이라도 빌어 봅시다, 이렇게 다 끌려가기 전에."

그들은 우울하게 말했다.

그게 그들이 선택할 수 있는 마지막 카드였다.

"그러지요."

"헐?"

노형진의 너무나 흔쾌한 말에, 손채림은 너무 놀라서 홱 소리가 날 정도로 고개를 돌려 그를 바라보았다.

"지금 이쯤에서 그만하자고?"

"그래. 뭐, 시끄럽게 싸우기도 귀찮고."

노형진은 씩 웃으면서 말했다.

그러자 대표로 온 기자들은 얼굴이 환해졌다.

하지만 세상은 그렇게 호락호락하지 않았다.

"단! 그만두신다는 조건하에요."

"뭐라고요!"

"저희는 턱 아래 칼 두고 자는 성격이 아니라서요."

"지금 기자를 그만두라는 겁니까!"

"네."

"이런 미친!"

"반성을 한다면 그 정도 모습은 보여야 하는 거 아닌가요? 이번 사태만 넘어가면 복귀할 수도 있는 건데, 저희가 그렇게 만만해 보입니까?"

물론 싸움은 이쯤에서 멈출 수도 있다.

하지만 저들은 이번 원한을 끝까지 가지고 갈 것이다.

"저희는 그럴 생각이 없습니다."

"그건 말뿐이고요."

권력을 놓친 놈들이 반성한다? 절대로 그런 일이 없다는 것쯤은 노형진도 알고 있었다.

그러니 그들을 기자로서 그냥 둘 생각은 없었다.

"제 조건은 간단합니다. 여러분들을 비롯해서 부패한 기자들은 모두 사표를 쓰세요. 기한은 일주일입니다. 만일 안 하는 분들은? 당연히 다음 헤드라인을 장식하게 되실 겁니다."

사색이 되는 편집장들.

"그, 그것만은 어떻게 좀…….''

"제가 내거는 유일한 조건입니다."

노형진은 그들의 말을 딱 잘랐다.

더 이상 길게 갈 생각이 없었다.

"싫으시면 끝까지 버티세요, 저희가 먼지 한 톨까지 모조리 털어 내 드릴 테니."

잠시 침묵하던 편집장들은 고개를 끄덕거리더니 힘없이 다시 돌아갔다.

그리고 둘만 남자 손채림이 노형진을 붙잡고 물었다.

"너 진짜야?"

"응?"

"저놈들이 무슨 짓거리를 했는지 알면서 그냥 넘어간다고? 저놈들 때문에 자살한 사람들이 몇 명인데!"

"알아. 그래서 조건을 단 거야."

"고작 그만두는 것?"

"고작이 아니야."

노형진은 의자에 기대어 탁자 위에 발을 올리면서 중얼거렸다.

"그만둔다는 것. 그건 언론사라는 방패를, 언론의자유라는 방패를 포기한다는 뜻이야. 절대적 갑이 아니라 을이 된다는 뜻이지."

"하지만 그런다고 해서 그놈들이 반성하겠느냐고. 아니, 반성을 한다고 쳐도, 피해자들은 어쩔 건데?"

그들에게 당한 사람들은 그 분노를 어떻게 풀란 말인가?

그러나 노형진은 이미 생각해 둔 것이 있었다.

"그러면 피해자분들이 소송하겠지. 이제 그들을 지켜 주던 언론이라는 것이 사라지게 되니까."

방패가 사라진다면 다른 사람들이 그들을 그냥 둘 리 없다.

지금까지 그냥 둔 곳들을 보면 이유는 단 하나, 언론사의 보호를 받고 있기 때문이다.

"실드가 없다면 소송은 편하지."

"허? 설마?"

뭔가 알아차린 손채림은 고개를 돌려서 가득 쌓여 있는 증거를 바라보았다.

아마도 저들이 그만두지 않으면 언론으로 나가게 될 증거들.

"오늘까지는 사업가 노형진, 내일부터는 변호사 노형진."

간단하지만 정확한 표현이었다.

내일부터 저 증거를 들고 피해자들을 찾아다녀서 소송을

진행할 것이다. 짭짤한 수익과 함께.

"진짜 사악하다."

저들이 어떤 선택을 하든 결말은 똑같은 것이다.

"자, 그러면……."

노형진은 서류 한 뭉텅이를 손채림에게 들이밀었다.

"우리 의뢰인이 되실 피해자분들에게 전화해 볼까?"

그걸 받아 든 손채림은 불만으로 가득한 얼굴로 투덜거렸다.

"왜 무슨 일이든 끝나면 기승전'일거리'야?"

묻지 마는 뭘 묻지 마

비극은 언제나 갑작스럽게 찾아온다.

누구도 비극을 원하지 않지만, 현실에서 비극은 피해자의 동의 여부와는 상관없이 찾아온다.

그건 돈이나 명예의 문제가 아니라 삶의 문제.

"아니, 수린 씨는 언제 오는 거야?"

무태식은 머리를 벅벅 긁으면서 짜증스럽게 말했다.

"글쎄요. 이럴 사람이 아닌데."

변호사 한 명에게 팀이 따로 붙어서 움직이는 새론의 특성상, 변호사가 처리할 수 있는 사건의 양도 많아지지만 반대로 한 명이 빠지면 일이 정체되는 부분도 있다.

특히나 그 사람이 유능한 사람이면 더더욱.

"전화도 안 받아?"

"네, 안 받아요."

"아오, 진짜."

무태식 팀의 동료인 한수린은 다른 건 몰라도 서류 작업에
한해서는 최고의 실력을 가지고 있다.

좋게 말하면 누구보다 일을 잘하는데, 나쁘게 말하면 그녀
가 없으니 서류 하나 찾는 것도 쉬운 일이 아니었다.

"전화도 안 받고 연락도 안 되고. 아, 미치겠네. 오후에 재
판에 나가야 하는데."

증거서류철을 찾지 못하고 있으니 무태식은 짜증이 치밀
어 오를 수밖에 없었다.

"조금만 더 기다려 보죠. 수린 씨가 이럴 사람이 아닌데,
뭔가 이유가 있겠지요."

"이유야 어떻든 간에 연락은 해야지."

혼자서 서울에서 자취하는 그녀이니 가족들에게 연락해
봐야 의미도 없고.

"당장 다른 사람들의 연락처를 찾아서 찾아봐요. 서랍 뒤
졌다고 기분 나빠할지도 모르지만, 우선은 일이 먼저이니."

때마침 울리는 전화벨 소리.

무태식은 전화기를 힐끗 확인하고는 안도의 한숨을 내쉬
면서 잽싸게 받았다.

"수린 씨? 어디야? 오늘 오후에 재판이 있는 거 알면서 왜

이제야 전화한 거야? 서류 어디 있는지 말은 해 줘야……."

　－무태식 변호사님?

　서류부터 확인하려고 말을 쏟아 내던 무태식은 수화기 너머에서 들리는 목소리에 움찔했다.

　"누구십니까?"

　누가 들어도 남자 목소리였다.

　무태식은 순간 한수린에게 남자 친구가 있나 고민했다.

　그러나 한수린에게 남자 친구가 있는지 알지도 못했고, 설사 안다고 해도 그가 한수린의 전화기를 가지고 자신에게 전화를 걸 이유가 없었다.

　"제가 무태식 변호사입니다만, 누구신지?"

　왠지 모를 불안감. 그게 무태식의 온몸을 감쌌다.

　－서울중앙경찰서입니다.

　"경찰서요? 거기서 왜? 한수린 씨가 무슨 사건에 연루되었나요?"

　'혹시나 교통사고라도 난 것일까?' 하는 생각에 무태식은 되물었다.

　수화기 너머의 남자는 잠깐 침묵을 지키더니 천천히 입을 열었다.

　－한수린 씨는 사망하셨습니다. 최근 통화 기록을 보고 전화드린 겁니다. 경찰서로 와 주실 수 있겠습니까?

　그리고 무태식은 그대로 얼어붙었다.

"빌어먹을 개자식!"

동료가 죽는다는 것. 그건 절대로 기분 좋을 수 없는 일이었다.

하물며 그 대상이 함께 팀을 이루어 일하던 사람이고, 어젯밤까지만 해도 일 때문에 통화하던 사람이라면 더더욱 그랬다.

"범인은 잡혔답니까?"

노형진은 무태식 변호의 잔을 채워 주면서 물었다.

장례식장.

갑작스러운 사태에 한수린의 가족들이 부랴부랴 서울로 올라왔고 장례식이 진행되었다.

그러나 너무나 갑작스럽게 벌어진 일에 다들 멍하니 자리에만 앉아 있었다.

"수사 중이라고 하더군요."

장례식장에서 무태식은 끊임없이 소주를 들이마셨다.

월급 올랐다고 좋아하던 게 채 보름도 되지 않았다. 그런데 죽다니.

"더 안전한 곳으로 숙소를 마련해 줬어야 했는데."

"무태식 변호사님 잘못이 아니에요. 이런 일은 누구도 예상하지 못했을 거예요."

손채림도 무태식을 다독거리면서 말했다.

"그래도 안전한 곳에 있었다면 이런 일은…… 이런 일은……."

"사건이 벌어지려면 강남 한복판에서도 벌어지는 겁니다. 무태식 변호사님 잘못이 아닙니다."

묻지 마 살인.

아침에 출근하던 한수린은 정체를 알 수 없는 남자의 공격을 받았다.

남자는 십여 차례나 그녀를 찌르고 도망갔다.

비명을 듣고 주변 사람들이 뛰쳐나왔지만, 이미 범인은 어디론가 도망친 상황.

경찰은 계속 추적하고 있다는 말뿐이었다.

"집이 가까웠다면 이런 일은 없었을 텐데."

한수린은 지방에서 올라와서 일하던 사람이었고, 방세를 아껴 보겠다고 새론에서 좀 떨어진 곳에 방을 구했다.

새론은 시내 중심에 있었고, 중심에서 멀수록 방세가 싸지기 때문이다.

하지만 그만큼 출퇴근 시간이 늘어나기 때문에 이른 아침에 집을 나오다가 변을 당한 것이다.

"하아……."

술에 잔뜩 취한 무태식은 얼굴을 부여잡으면서 한숨을 쉬었다.

자신들의 잘못이 아닌 건 안다. 하지만 그렇다고 해도 마음이 편하지는 않았다.

　"노 변호사."

　"네."

　"진짜 우리 잘못 아닐까요? 우리한테 억하심정을 가진 범인일 수도 있지 않을까……."

　"글쎄요."

　노형진은 입술을 깨물었다.

　"그럴 가능성이 아예 제로는 아니겠지요. 하지만 그럴 것 같지는 않습니다. 만일 원한을 가졌다면 한수린 씨가 아니라 변호사를 노렸을 테니까요."

　"후우……."

　무태식은 잔뜩 취한 채로 한숨만 연거푸 내쉬었다.

　"경찰에서는 일단 우리와 관계가 있는 사람들을 추적한다고 하더군요. 하지만 그게 무슨 의미가 있겠어요? 이미 죽은 사람은 돌아오지 못하는데."

　"범인은 잡힐 겁니다."

　"잡아야지요……. 내가 꼭 잡을 겁니다, 그 미친놈의 새끼."

　말을 하던 무태식은 고개를 떨구는 듯하더니 그대로 탁자에 쾅 머리를 박았다.

　평소 말술로 먹어 대는 그의 주량을 생각하면 어마어마하게 취한 것이리라.

"이런 일이 벌어질 줄이야……."

손채림도 충격을 받기는 한 모양이었다.

무태식과 노형진은 같이 일한 경험이 많고, 그 때문에 손채림도 한수린과 친하게 지냈다. 그런데 살인을 당하다니.

"진짜 범인이 우리를 노리는 게 아닐까?"

"그럴 가능성은 낮아. 아까도 말했다시피, 그럴 거라면 변호사를 직접 노렸겠지."

그러나 이번에는 전혀 엉뚱한 사람을 노렸다.

더군다나 한수린은 외근직이 아니라 내근직이다. 즉, 그녀가 외부에서 일하는 경우는 극히 드물었다.

그러니 그녀가 범죄자에게 드러나는 경우 또한 드물 수밖에 없었다.

"경찰은 일단 우리 쪽을 위주로 조사한다며."

"너무 단순하게 생각하는 것 같은데."

경찰의 생각은 알 것 같았다.

사실 변호사 사무실이 원한을 끼지 않고 일할 수는 없다.

변호사 때문에 진 사람들.

그리고 의뢰를 맡겼는데 변호사가 제대로 못했다고 생각하는 사람들.

그들은 당연히 모든 원한을 변호사에게 뒤집어씌운다.

하지만 그렇다고 해서 일단 원한 관계를 조사한다라.

"틀린 말은 아닌데."

노형진은 왠지 그들이 수사 방향을 전혀 엉뚱한 쪽으로 잡았다는 생각에 눈을 찡그릴 수밖에 없었다.

"장난해요! 아니, 수사를 시작한 지 2주가 넘었는데 흔적도 못 찾았다는 게 말이 됩니까!"

무태식은 그 사건 이후에 어떻게 해서든 범인을 잡겠다고 길길이 날뛰고 있었다.

그러나 2주간 추적된 것은 아무것도 없었다.

"저희도 최선을 다해서 추적하고 있습니다만……."

땀을 뻘뻘 흘리면서 변명을 하는 경찰.

물론 그들도 최선을 다한다.

이건 무슨 단순 민원 사건이나 의심 사건도 아닌, 살인이다. 그러니 경찰도 사력을 다해서 매달렸지만 도무지 증거가 나오지 않는 것이다.

"이른 새벽이라 증인을 찾기도 힘들고……."

"증인은 없어도, CCTV라도 있을 거 아닙니까! 하다못해 동네에 블랙박스가 달려 있는 차라도 한 대 정도는 있을 거 아니에요! 그런데 범인을 못 잡는다는 게 말이나 됩니까!"

"모자에 후드에 마스크까지 뒤집어쓰고 있어서 카메라는……."

"씨발, 장난해!"

결국 분노가 머리끝까지 터져 나온 무태식이 노호성을 내질렀다.

"이 새끼들아! 누가 국회의원 집에 돌이라도 하나 던졌으면 어떻게든 잡으려고 했겠지! 이제 사람 목숨이 우스워 보이냐! 어!"

화가 나서 길길이 날뛰는 무태식.

함께 온 노형진은 한숨을 쉬면서 그를 말렸다.

"진정하세요."

"지금 진정하게 생겼습니까?"

사실 못 잡았다고 해도, 최소한 노력이라도 해 봤다면 이해라도 할 수 있다.

그런데 무태식의 입장에서는 아무리 봐도 이건 경찰이 노력조차 하지 않은 것이다.

CCTV를 봤다면 같은 복장이 나오는 카메라를 역순으로 되짚어서 따라가면 된다.

그 녀석이 운전을 했다면 차에 타는 장면이 찍혀 있을 가능성이 높다.

또한 진짜 해당 지역의 차량용 블랙박스를 털어 보면 뭐든 나올 수도 있다.

그런데 아무것도 없다니.

"지금 죽은 사람이 유명한 사람이 아니라 무시하는 거야,

뭐야!"

화가 나서 당장 경찰의 멱살이라도 잡아 올리려는 듯 다가 가는 무태식을 말리는 노형진.

아무리 그래도 변호사가 이런 장면을 보여 주는 것은 좋은 게 아니니까.

그런데 그런 무태식의 옆에서 누군가 손을 올렸다.

"태식아, 그만에."

"뭘 그만해!"

"나다."

무태식은 그 말에 그쪽으로 고개를 돌렸다.

그리고 양복을 입은 한 남자를 발견했다.

'누구지?'

노형진은 처음 보는 사람이었기 때문에 일단은 뒤로 물러 났다.

다행히 무태식은 그를 아는 눈치였다.

"황인수?"

"그래. 이번 사건 담당 검사가 나야. 너, 나 못 믿냐? 내가 그렇게 물렁하게 수사할 것 같아?"

"큭."

무태식은 화를 꾹 눌러 참으며 거칠게 넥타이를 풀었다.

"따라와."

황인수라고 불린 남자가 밖으로 나가자 노형진과 무태식

이것이 법이다

은 그를 따라서 건물 뒤쪽에 있는 휴게실로 향했다.

"네가 여기는 왜 온 거야?"

"제대로 조사가 안 되어서 나온 거야. 말했잖아, 내가 담당 검사라고."

"씨발, 일 제대로 안 해?"

"얀마, 진짜 나 모르냐?"

씁쓸하게 웃는 그를 보면서, 노형진은 무태식에게 그가 누군지 물어봤다.

"동기입니다."

"동기요?"

"네."

"아아."

사법연수원 동기라는 뜻이었다.

무태식 변호사는 검사나 판사 과정 없이 바로 들어왔지만, 그의 동기들 중에는 검사 쪽으로 간 사람도 있으니까.

"이분은 누구신데?"

"우리 회사 변호사야. 노형진이라고."

"아아, 반갑습니다. 황인수라고 합니다."

그는 노형진에게 악수를 청했고, 노형진은 그와 악수를 하면서 슬며시 물었다.

아무리 개인적으로 친한 사람은 아니라고 하지만 어찌 되었건 회사의 사람이 살해된 사건이다. 그냥 넘어갈 수는 없는 노릇.

"아까 잠깐 들어 보니 사건 담당이시라고⋯⋯."

황인수는 약간 씁쓸한 표정을 보이더니 주변을 스윽 둘러봤다.

사실 검사로서 수사의 정보를 바깥에 흘리는 것은 좋지 않다. 하지만 동기가 관련된 자이고 또 자신도 영 답이 없으니 그는 슬쩍 정보를 흘리기로 했다.

"해당 지역에 카메라가 별로 없어서요."

"별로 없다고요?"

"음."

"하아, 수린이가 돈 문제 때문에 가난한 동네로 갔습니다."

가난한 동네는 당연히 돈이 없다. 그러니 제대로 카메라를 다는 등 보안을 갖추는 게 쉽지 않다.

"우리가 그렇게 박하게 드렸나요?"

노형진은 눈을 찌푸렸다.

자신이 알기로는 이 변호사계에서 일반 직원에 대해서 최고의 복지와 지원을 하는 곳이 새론이다. 그런데 왜 그렇게 싼 곳으로 간 걸까?

"집에 남동생만 세 명입니다. 그중 두 명은 대학 다니고 한 명은 군대에 가 있고."

"아아⋯⋯."

대학생이면 당연히 어마어마한 등록금이 든다.

누나로서 그걸 지원해 줘야 하니 한 푼이라도 아끼겠다고 그런 동네로 간 것이다.

"씨발, 어차피 이렇게 될 거면 좋은 거라도 먹고 입고 가지."

무태식은 눈물을 글썽거리면서 말했다.

평소에 좋은 옷 좀 입고 멋진 남자 좀 꼬셔 보라고 장난삼아 말할 때마다 일단 동생들 졸업시키고 나서 결혼한다고 하던 그녀가, 이렇게 허무하게 죽어 버린 것이다.

그렇게 정리한 그녀의 집에서 5만 원짜리 이상의 옷은 단한 벌도 발견되지 않았다.

"그쪽 치안이 안 좋은 건 알겠는데, 아무리 그래도 2주간 아무런 정보도 없다는 게……."

사실 2주면 용의자가 나왔어야 정상이다. 하다못해 의심스러운 사람이라도 나왔어야 한다.

진짜 손가락만 빤 게 아니라면 말이다.

"사실은 카메라 말고도 문제가 더 있습니다."

"더 있다고 하면?"

"경찰에서는 원한에 의한 살인이라고 생각하는 것 같더군요. 하지만 제가 봐서는 묻지 마 살인 같습니다."

노형진은 눈을 찌푸렸다.

묻지 마 살인이란 지나가던 누군가가 무차별적으로 살인을 하는 것을 말한다.

그런데 이 사건은 묻지 마 살인치고는 너무 이상하다.

얼굴을 모자와 마스크로 가리고 칼을 준비해서 기다리고 있다가 습격한 느낌이 강하니까.

거기에다가 카메라에 찍힌 게 없다는 건, 반대로 말하면 카메라를 체크하면서 동선을 확인했다는 뜻이다.

그럼 그건 묻지 마 살인이라고 볼 수가 없다.

"계획범죄 같다고, 원한을 가진 사람을 추적하고 있다고 하지 않으셨나요?"

"저도 처음에는 그랬지요."

하지만 2주간 아무리 주변을 털어도 나오는 게 없었다.

새론에 관련된 범죄자에게 한수린이 노출될 기회는 거의 없다시피 했고, 원한을 가져도 변호사를 노리지 그녀를 노릴 이유는 없다.

주변에서 이야기를 들어 봐도, 자기 며느리로 삼고 싶을 만큼 참한 아가씨라며 칭찬이 자자했다.

사귀는 사람도 좋다는 사람도 없고, 스토커 같은 것도 없었다.

"얼마 전에 학회에 갔다 왔습니다. 프로파일러 관련 학회였는데……."

노형진은 그 순간 뭔가 머릿속에서 확 떠올랐다.

묻지 마 살인. 다짜고짜 살인을 하는 놈들을 말한다.

사실 묻지 마 살인을 하는 놈들은 미쳐서 사람을 죽이려고 덤빈다. 보통 그렇게 생각한다.

하지만 사람이 한 종류가 아니듯 살인도 한 종류가 아니다.

"계획형 묻지 마 살인을 말씀하시는 건가요?"

"그걸 알고 계시는군요."

"드물기는 하지만 없는 건 아니니까요."

묻지 마와 계획형이라는 단어는 전혀 말이 안 되는 것처럼 보인다.

하지만 그 지칭하는 대상이 다르기 때문에 말이 되고, 또 그런 놈들은 아주 위험하다.

"이제 와서 그렇게 생각하시는 이유가 뭡니까?"

"학회에서 들은 부분과 너무 일치해서요."

머리를 북북 긁으면서 걱정스럽게 말하는 황인수.

노형진의 입에서는 절로 한숨이 터져 나왔다.

'그러니까 제대로 교육을 하라고.'

법에 대해서 공부하면서도 범죄 유형에 대해서는 알려 주지 않는 한국의 특성 때문에, 대부분의 검사들은 현장에 와서 직접 체득해야 한다.

당장 특징 몇 가지만 알려 줘도 방향을 엉뚱한 곳으로 잡을 이유가 없는데 말이다.

"계획형 묻지 마? 그건 뭡니까? 아니, 그런 게 말이 됩니까?"

무태식 역시 그게 뭔지 모르는 듯 노형진에게 물어 왔다.

하긴 이런 타입은 흔하지 않다. 살인범, 아니 살인마 중에서도 아주 골치 아픈 타입이다.

"표적에 대한 감안은 하지 않고 오로지 살인 자체에만 관심이 있는 놈들이지요."

"네?"

"말 그대로 표적은 누구든 상관없습니다."

연쇄살인범들은 자기 나름의 표적이 있다.

머리가 긴 여자라든가 섹시하게 생긴 여자라든가, 아니면 노약자라든가 등등.

살인은 일종의 집착이기 때문이다.

그래서 그런 면을 살피며 추적하는 것이 프로파일링의 기본이었다.

"그런데 이런 놈은 표적이 없어요."

표적을 정하고 살인하려고 하는 게 아니라, 살인 자체를 좋아한다. 그래서 살인을 하려고 기회를 만든다.

그러니까 '묻지 마'라는 표현이 맞다. 표적은 정해진 게 아니다.

"안 좋은 시간에 안 좋은 위치에 있다는 것, 그게 희생자의 조건이지요."

"미친놈."

"그래요. 미친놈입니다."

이런 놈들은 다른 놈들에 비해서 잡기가 더 어렵다.

일단 표적이 고정된 게 아니라서 일반적으로 경찰이나 검사가 생각하는, 비슷한 유형의 피해자를 묶어서 분류하는 형태의 살인에 해당되지 않기 때문이다.

심한 경우에는 살인의 방식도 달라서, 상황에 따라 칼이나 밧줄, 독극물 등 수단을 가리지 않는다.

그러니 방식으로 묶어 내는 방법으로도 그는 연쇄살인범으로 분류되지 않는다.

"미국에서도 상당히 오랜 시간이 지나고 나서야 발견된 사실이지요."

그럴 수밖에 없는 게, 살인의 형태나 대상이 다르니 체포된다고 해도 입을 열지 않으면 동일한 살인으로 볼 수가 없어서 과거의 사건은 묻혀 버리기 때문이다.

결국 발각된 단 한 건의 살인에 대해서만 처벌받게 되는 것이다.

'처음에 그런 놈이 발견되었을 때 미국 프로파일러 학계가 발칵 뒤집혔지.'

그 당시에 잡힌 놈이, 다행인지 불행인지 집에 관련된 살인 증거를 모조리 가지고 있었던 것이다.

그래서 지금까지 분류되지 않았던 수십 건의 살인 사건이 연쇄살인으로 분류되었고, 미국의 경찰과 프로파일러는 새로운 범죄 스타일의 등장에 머리를 싸맬 수밖에 없었다.

'그러고 보니……'

생각을 이어 가던 노형진의 얼굴이 문득 어두워졌다.

자신이 아는 한 한국에 그런 유형의 범죄자가 있다는 소리는 들은 적이 없다.

그 정도 사건이 변호사인 노형진에게 알려지지 않을 이유가 없으니, 결론은 하나뿐이다.

'묻혔군.'

황인수 검사가 추적하다 실패한 건지, 아니면 다른 이유가 있는지는 모른다. 하지만 자신에게 알려지지 않았다.

'어쩌면 황인수라는 사람에게 배당되지 않았을 가능성도 있어. 아니, 그게 제일 가능성이 높겠군.'

회귀 전에는, 새론은 이렇게 큰 초대형 로펌이 아니었다. 그러니 한수린 역시 전혀 다른 곳에서 일했을 가능성이 높다.

지금은 새론에서 거품을 물고 범인을 잡겠다고 이를 박박 갈고 있고, 경찰이든 검찰이든 압력을 행사하고 있다.

보아하니 황인수는 상당히 유능한 타입인 듯했다. 그러니 그 압력의 영향으로 이 사건이 그에게 배당되었을 것이다.

당장 김성식만 봐도 검찰 쪽 고위 라인에 한 전화가 몇 번인가.

거기에다 무태식은 매일같이 경찰에 와서 난리 법석을 떨고 있으니.

'회귀 전이라면…….'

한수린은 다른 곳에서 일하고 있었을 테고, 그렇다면 아무 검사에게나 이 사건이 배당되었을 것이다.

그러나 그는 일반 사건으로 처리했을 테니…….

"그런데 그런 말씀을 하시는 걸 보니……."

"그쪽으로 식견이 좀 있다고 하시더군요. 안 그래도 노 변호사님에게 한번 찾아가 볼까 생각하던 중이었습니다."

황인수는 고개를 끄덕거리면서 말했다.

검찰에서도 노형진의 실력에 대해서는 많이들 이야기하니까. 전에도 살인범을 추적한 적이 있고 말이다.

"그런데 학회라는 게 워낙 짧아서……. 거기에다 그때 학회의 주제는 이게 아니라 다른 것이었습니다. 자세한 이야기는 듣지 못해서 저도 뭐라고 해야 할지……."

노형진은 한숨을 내쉬었다.

경찰이 전혀 엉뚱한 곳을 뒤지고 있으니 당연히 2주 동안 범인이 누군지도 모를 수밖에.

'내가 좀 알려 줘야겠군.'

묻지 마 살인을 하는 자들과 이런 타입은 전혀 다르다. 똑같은 묻지 마 살인이지만 그 목적이 다르기 때문이다.

당연히 행동 패턴도, 수사 방식도 다를 수밖에.

"일반적인 묻지 마 살인은 분노에서 출발합니다. 그래서 표적이 누구인지 신경 쓰지 않지요. 다만 자신이 제압할 수 있는 대상을 찾다 보니 여자 또는 아이를 많이 노립니다. 그들은 상당히 화가 난 상태이고, 반쯤 자포자기한 경우가 많아요."

특히 한국의 묻지 마 살인은 포기에서 많이 발생한다.

희망이 있어야 버티는데 희망이 없다고 생각하는 순간 그 분노를 풀기 위해서 머리가 돌아 버리는 것이다.

"그래서 주로 그런 살인을 하는 놈들은 지적 능력이 낮은 경우가 많습니다."

지적 능력은 이성과 밀접한 관련이 있다.

아무리 열 받아도 지적 능력이 높은 사람들은 분노를 통제하려고 하는 경우가 많다. 이성이 감성을 누르는 것이다.

"하지만 지적 능력이 낮으면 감성이 이성을 누르게 되는 경우가 많지요."

그래서 묻지 마 살인을 하는 사람들은 사회적으로 하위 계층인 경우가 많다.

"기본적으로 상류 계층으로 갈수록 쾌락형 살인이, 하위 계층으로 갈수록 분노형 살인이 많아집니다."

상류 계층의 공감 능력이 떨어지는 거야 이미 연구에서 수차례 밝혀진 것이고 말이다.

"그게 중요한가요?"

"중요하지요. 이 사건의 범인은 상류 계층일 가능성이 아주 높거든요."

"끄응."

황인수가 약간 곤혹스러운 표정이 되었다.

"무슨 문제라도 있으신지?"

"아...... 사실은."

그는 새론 주변에서 범인이 나타나지 않자 경찰에 묻지 마 살인으로 방향을 바꾸라고 지시했다. 그리고 경찰은…….

"끄응……."

엉뚱하게 묻지 마 살인을 할 수 있는 주변을 뒤지기 시작했던 것.

'두 번이나.'

수사 방향이 두 번이나 틀렸으니 범인을 2주간 못 잡을 수밖에.

"그렇다면 이번 범인은 상류층이라는 건가요?"

"개념의 문제겠군요. 돈이 많은 이가 상류층이라고 한다면? '아니요.'라고 말하겠습니다. 하지만 많이 배운 놈이냐고 한다면? '네.'라고 답할 수 있겠네요."

살인을 하기 위해서 답사를 하지 않았다면 해당 지역을 잘 모를 수밖에 없다.

그런데 주변에 얼마 없는 카메라를 깡그리 뒤졌는데도 범인은 나타나지 않았다.

"미리 준비한 거죠."

언제 오가는 사람이 적은지, 어디로 도망칠 건지, 어떻게 도망칠 건지 등등.

"대상은 묻지 마 살인이지만 위치는 아니다?"

"네."

"그렇다면 주변을 탐문한다는 건……."

"의미가 없습니다."

사람들이 생각하는 묻지 마 살인은 화가 나서 그냥 칼 들고 바깥으로 나가서 가장 만만해 보이는 사람을 찌르는 것이다. 그러니 살인 현장도 집에서 가까운 것이 보통이다.

"하지만 이 경우는 아니죠."

집이 가까우면 자신이 걸릴 가능성이 높다. 그러니 자신과 관련 없는 장소를 골랐을 것이다.

"표현을 하자면, 사자와 거미라고 할 수 있겠네요."

사자는 나가서 추적해서 제일 만만한 사냥감을 노린다.

그에 반해서 거미는 거미줄을 치고 그 장소에서 어떤 먹잇감이든 지나가기를 기다린다.

"으으, 이런 건 기록에도 없던데……."

황인수는 곤혹스러운 표정이었다.

"기록에 없다고 해도 실존하는 유형이니까요."

황인수는 결국 뭔가를 결심한 듯 입술을 깨물었다.

"저를 도와주실 수 있겠습니까?"

그런 사건에 대해서 잘 모르는 자신이 나서는 것보다는 노형진같이 그나마 아는 사람이 나서는 쪽이 낫다. 그래서 그는 노형진에게 도움을 요청한 것이다.

"프로파일러라면 경찰에도 있지 않습니까?"

"도움을 요청하긴 했지만 사건이 너무 많아서……."

"하긴."

한국에서는 살인 사건이 생각보다 빈번하게 일어난다. 거기에다가 한국의 프로파일러들은 미국과 다르게 사건을 전담하지 않는다.

미국은 사건을 분석하는 업무만 하는 데 반해, 한국의 프로파일러는 일반 업무와 프로파일러 업무를 같이 하는 구조로 되어 있어서 제대로 지원하기가 쉽지 않다.

특히나 다른 사건이 끼어 있으면 더더욱.

"알겠습니다."

노형진은 고개를 끄덕거렸다.

다른 사람도 아니고 동료가 살해당한 사건이다. 그냥 보고만 있을 수는 없는 노릇.

"그렇다면 나도 끼겠습니다."

무태식은 이를 박박 갈면서 말했다.

범인이 누구든, 동료의 복수를 할 생각이었다.

"저야 얼마든지 환영이지요."

무태식이라면 자신이 부족한 부분을 메워 줄 수 있다는 생각에 노형진은 고개를 끄덕거렸다.

⚖️

"현장에는 안 가도 되겠습니까?"

무태식이 화면에서 눈을 떼고는 피곤한 눈을 비비면서 말했다.

노형진은 고개를 끄덕거렸다.

"현장은 수십 번은 갔습니다."

혹시나 범인이 누군지 알 수 있을까, 혹시나 증거라도 흘렸나, 하다못해 기억을 읽을 수 있을까 하는 생각에 이 잡듯이 주변을 뒤졌던 노형진이다.

"하지만 증거는 없더군요."

"순식간에 벌어진 일이니까요."

가까스로 찾아낸 증인의 말에 따르면 범인이 한수린에게 달려들었다가 도망치는 데까지 걸린 시간은 채 2분이 되지 않았다고 했다.

아침 운동을 하고 가던 노인이었는데, 멀리서 그걸 보고 뛰어갈 수도 없었고 설사 갔다고 해도 구할 틈도 없었다는 것이다.

'아마도 수린 씨가 그곳에 없었다면 그 노인이 희생자가 되었겠지.'

아침이라 사람도 없는 상황. 그리고 저항하지 못하는 노인이니까.

그 노인은 자신이 구사일생으로 살았다는 것을 아마도 모를 것이다.

"범인은 아마 계속 배회했을 겁니다."

"배회요?"

"네. 거미 같은 스타일이지만 실제로 거미줄이 있는 건 아니니까요."

적당한 위치를 상정하고 그곳에 적당한 희생자가 나타나기를 기다리면서 움직였을 것이다.

"모자에 마스크, 후드 티. 딱 아침 운동을 하는 복장이지요."

"음……."

그 복장으로 돌아다니면 사람들은 그다지 신경 쓰지 않는다.

더군다나 후드 티의 앞쪽에는 손을 넣어 두는 기다란 공간이 있다. 기다란 칼을 충분히 감출 수 있는 공간.

"미리 준비했다 이건가요?"

"그럼 이동은요?"

"다른 사람들이 추적하지 못하는 걸 이용했을 겁니다."

대중교통? 그걸 이용했을 가능성은 낮다.

대중교통은 내부에도 카메라가 있고, 대중교통이 다닐 정도의 도로에는 사방에 카메라가 깔려 있으니까.

그렇다면 자가용?

'그랬다면 이미 경찰이 알아차렸겠지.'

당연히 경찰도 바보는 아닐 테니 외부에서 왔을 가능성을 따졌을 것이다. 그리고 근처 카메라에 찍혀 있는 의심스러운 차량들을 조회했을 것이다.

그러나 나온 게 없다.

그렇다면 차량은 아니라는 것.

"하지만 화면에는 나온 게 없는데요."

"흠."

현장에 가는 대신에 비디오실에서 수십 시간에 달하는 영상을 돌려 보고 또 돌려 보는 노형진.

그러나 이상한 건 없었다.

'기억이라도 읽어 낼 수 있다면 좋은데.'

하지만 이리저리 돌아다녔을 범인의 기억을 읽어 내는 것은 사실상 불가능하다.

"차량 말고는 딱히 뭐가 있을 것 같지는 않은데."

노형진과 함께 카메라를 뚫어지게 바라보던 손채림 역시 쉬는 분위기로 바뀌자 눈을 문지르면서 의자에 쭈욱 늘어졌다.

"걸어 다녔다면 어딘가에 걸렸어야 할 텐데 말이지."

뭘 이용하든 카메라에 걸렸어야 정상인데 걸리는 게 없다.

참 절묘하게 숨어 움직인 것이다.

"아무리 카메라가 없는 동네라고 하지만……."

그 동네에 들어가는 입구에는 카메라가 있다. 하지만 거기에는 아무것도 없었다.

"일단 뭐든 먹고 합시다."

노형진은 시계를 흘끗 확인하고는 말했다.

벌써 오후 2시.

정신없이 비디오를 보고 있다 보니 식사 시간을 훌쩍 넘겼다.

"그러지요."

무태식도 토 달지 않고 동의했다.

화가 나고 열 받는다고 해서 그 때문에 끼니를 거르면 도리어 더 일을 하지 못하기 때문이다.

"다른 판독실에서도 이야기 없지?"

노형진의 질문에 손채림은 고개를 흔들었다.

노형진의 팀과 무태식의 팀이 다 달라붙어서 사흘째 살펴보고 있지만……

"그쪽도 특별한 건 찾지 못했나 봐."

"역시."

현재 증거가 될 만한 건 이것밖에 없는 상황이다. 그래서 황인수가 몰래 빼서 준 것이고.

"경찰도 살펴봤을 텐데."

"경찰은 인원이 부족하니까."

'아마도 빨리 돌리기로 대충 살펴봤겠지.'

하지만 이쪽은 여러 명이 이것만 보고 있으니 뭐든 나올 가능성은 이쪽이 더 높았다.

"어쨌든, 일단 뭐라도 먹고 하도록 하죠, 배가 고프면 집중력도 떨어지니."

"난 자장면."

"안 지겹냐?"

자장면이라는 말에 노형진은 손채림을 흘겨봤다.

그녀가 제일 좋아하는 음식을 꼽으라면 단연 자장면이다.

"18년 동안 못 먹은 거 다 먹을 거다."

"내가 못 살아."

그녀는 집에 있을 때 자장면이라는 것을 먹어 본 적이 없다고 했다.

자장면의 인식이 좋지 않아서, 위생이 안 좋다고 사 준 적이 없다나?

'하긴 삼겹살을 대학교에서 처음 먹어 봤을 지경이니.'

일단 고기 하면 무조건 소고기였다고 한다.

어떻게 보면 참 신기하다. 그렇게 금이야 옥이야 자라던 여자가 집에서 나와서 혼자서 이렇게 잘 살아가다니.

"그러면 전 짬뽕으로 하죠."

"자, 그러면 노 변호사님은?"

"난 볶음밥."

"통일 좀 하지?"

손채림은 툴툴거리면서 전화를 걸다가 갑자기 멈칫했다.

그리고 전화기 너머에서 '여보세요.'라는 목소리가 들리는데도 툭 끊어 버리고 방금 전 무태식이 바라보던 화면을 뚫어지게 바라보았다.

"전화는 왜 끊어?"

"아니, 이 화면에 있잖아, 이거 자장면 배달 오토바이 아냐?"

무태식이 쉬기 위해서 정지한 화면 한구석에서 움직이는 오토바이.

그 오토바이 짐칸에는 속칭 철가방이라는 것이 놓여 있었다.

"배달 오토바이지?"

"응."

"혹시 이거 아냐? 이 시간에 배달할 리가 없잖아?"

아침 7시 30분. 그 시간에 자장면을 배달시키는 집이 있으리라고 손채림은 생각하지 않았다.

그러나 그러한 그녀의 의심은 무태식의 말에 무너졌다.

"확인해 봤습니다. 스물네 시간 영업하는 중국집이더군요."

"스물네 시간요?"

"네. 요즘 간혹 그런 집들이 있습니다. 이 집도 그렇더군요."

보통 중국집은 점심시간과 저녁 시간에 운영하지만, 스물네 시간 내내 오픈해서 배달하는 집들이 없는 건 아니다.

물론 그때는 요리류는 무리고, 단순 짜장면이나 짬뽕 정도만 된다.

그런 건 소스와 국물만 만들어 뒀다가 면을 끓여서 붓고 배달하면 되니까.

"아, 그런가."

혹시나 하는 마음에 물어봤던 손채림은 아쉽다는 듯 고개를 돌렸다.

하지만 노형진은 혹시나 하는 생각이 들었다.

스물네 시간 영업한다는 거야 확실하다 해도, 아침부터 자장면을 먹는 사람은 많지 않기 때문이다.

"배달 확인은요?"

"네?"

"아니, 시간이 좀 애매하다 싶어서요."

식당이야 스물네 시간 한다 해도 사람이 밥을 먹는 시간은 대부분 비슷하다.

집에서 시켜 먹는 사람이라면 좀 더 늦게 일어나는 경우가 많을 것이다. 백수라든가 아니면 쉬는 사람들이라든가.

그런 사람들의 기상 시간은 보통 9시쯤이다.

출근하는 사람은 한숨이라도 더 자려고 하지 그 시간에 자장면을 시킬까?

언제 올지 모르는, 그래서 아차 하면 늦을 수 있는 걸?

물론 남편을 출근시키고 주부가 시켜 먹었을 수도 있겠지만, 그건 보통 8시가 넘어서다.

7시 30분? 뭘 해도 애매한 아침이다.

"거기에다가 여기는 그다지 잘사는 동네가 아니거든요."

주로 원룸으로 이루어진 동네. 지방에서 올라온 직장인들이 모여드는 곳. 그곳이 바로 이곳이다.

이런 곳에서 아침부터 자장면을 시켜 먹을 것 같지는 않다.

"그러고 보니······."

이 겨울에 오토바이를 탄다면 추울 수밖에 없다. 아주 두꺼운 옷을 껴입고 탄다.

그러니 그 아래에 뭐가 있는지는 알 수가 없다.

더군다나 위쪽은 헬멧으로 가려진 상황.

"이날 배달 내역은 확인해 보셨나요?"

무태식은 고개를 흔들었다.

그렇다면……

$$\oint$$

"그날 배달요?"

"네."

"어디 보자……"

중국집은 배달이 들어올 때마다 두꺼운 공책에 적어 두고 있었다.

그리고 다행히도 아직 새 공책으로 바꾸지 않아서 그곳에는 그날 내역이 적혀 있었다.

"그 시간에는 배달이 없었는데요."

중국집 주인은 내역을 확인하고는 고개를 흔들었다.

"확실합니까?"

"그럼요. 뭐, 굳이 확인하지 않아도, 그렇게 애매한 시간에 시키는 사람도 없고."

차라리 새벽에는 좀 손님이 있다.

철야를 하거나 밤샘 공부를 하거나 술을 먹고 늦게 들어오거나 하는 손님들.

그런데 7시 30분? 진짜 애매한 시간이다.

"그러면 그 시간에 여기 오토바이가 거기로 갈 일이 있나요?"

"있을 리가. 광철아!"

"네?"

"너 혹시 ○○동에 아침에 갔냐?"

"언제요?"

"한 7시 30분쯤이라는데."

아마도 그날 배달 담당이 광철이라고 불린 사람이었던 모양이다.

그러나 광철은 고개를 흔들었다.

"아니요. 그 시간에 배달도 없는데 거기를 왜 가요. 날씨도 추워 죽겠구먼."

새벽에는 아직 날이 많이 춥다. 더군다나 아직 겨울의 이른 아침이라 어둑어둑하기까지 하다.

그러니 위험하게 그곳에 갈 이유는 없다.

"그날 야근이 저 녀석이었으니까, 저 녀석이 아니면 간 적이 없는 겁니다."

사장은 확실하게 선을 그었다.

노형진은 그 광철이라고 불린 사람을 보고 고개를 끄덕거렸다.

설사 갔다고 해도 체형이 완전히 다르다.

광철이라고 불린 사람은 깡마른 체형이다. 그런데 오토바이를 몬 사람은 상당한 덩치가 있는 사람이다.

아무리 두꺼운 옷을 입었다고 해도, 저 정도의 차이를 어쩔 수는 없다.

"그렇군요."

남은 것은 누군가 오토바이를 훔쳐 탔다는 건데.

"혹시 오토바이 분실한 적 있습니까?"

"오토바이요?"

"네."

"아! 그러고 보니……."

사장은 뭔가 기억난 듯 손바닥을 탁 소리 나게 맞부딪쳤다.

"한 달 전에 오토바이 한 대를 털렸죠."

"털렸다고요?"

"네."

중국집에서 쓰는 오토바이는 보통 고가가 아니다. 그렇다 보니 상대적으로 방치되는 경우가 많다.

더군다나 여기저기 타고 다니다 보니 눈에도 잘 보이고.

"그래서 철모르는 중삐리 고삐리들이 많이 훔쳐 가요. 뭐, 대부분 타다가 버려두지만."

"최근에 그런 일이 있었다는 거지요?"

"네."

한 달 전쯤에 오토바이 한 대가 사라졌는데, 며칠 전 경찰에서 연락이 왔다고 했다.

버려진 오토바이를 찾았으니 가지고 가라고.

"그런 게 자주 있는 일인가요?"

"1년에 두세 번쯤 있죠."

처음에는 멋모르고 훔친 녀석들이 질려 버리거나 해서 버리는 것이다.

계속 타고 다니기에는, 비싸지도 않고 예쁘지도 않은 데다가 배달을 위해서 뒤에 짐칸을 설치했기 때문에 눈에 띄어서 속칭 가오가 살지도 않는다.

그렇다고 그걸 떼어 내고 개조하려고 해도, 맡기는 순간 오토바이 가게 주인들이 훔친 거라는 걸 알아차릴 테니까.

"결국 지들이 그냥 호기심에 끌다가 버려두는 거지요."

"혹시 그게 저 오토바이일 수도 있나요?"

"그럴 수도 있지요. 아니, 이쪽에서 나간 게 없으니 확실히 그럴 겁니다."

뒤에 서 있던 무태식의 눈에서 무서운 안광이 뿜어져 나왔다.

"그 오토바이, 볼 수 있을까요?"

⚖

가게 바로 앞에 있던 오토바이는 다른 오토바이들과 별반 다르지 않았다.

흔한 배달용 스쿠터 그리고 그 뒤에 있는 배달 칸.

'이건 누구도 신경 안 쓰지.'

흔하게 돌아다니는 배달 오토바이. 거기에다 옆에 쓰인 스물네 시간 배달이라는 마크.

바삐 출근하는 와중에 거기에 신경 쓰는 사람은 없을 것이다.

"이거 언제 찾았나요?"

"한 일주일 전쯤요. 대로변에 굴러다니던 걸 찾았지요."

무태식은 눈을 찌푸렸다.

그 정도면 증거가 오염될 대로 오염되었을 것이다. 거기에다, 딱 봐도 찾은 후 계속 사용한 티가 난다.

"이거 닦아서 썼나요?"

"당연히요. 아무리 배달이지만 그래도 관리는 해야 하니."

결국 유전자나 지문 등 특정할 수 있는 증거는 없다는 이야기다.

"후우……."

무태식은 한숨을 쉬면서 안타깝게 바라봤지만 노형진은 아니었다.

'2주.'

2주라면 확실하게 기억을 읽을 수 있다.

훔친 녀석이 누군지 알 수 없지만, 설마 기억을 읽는 걸 막는 능력이 있지는 않을 테니.

"잠깐 살펴보겠습니다."

노형진은 그 오토바이의 구석구석을 살폈다.

여기저기 난 잔기스들, 그리고 오래된 흔적들.

아무런 의미도 없는 그러한 흔적들이 길을 알려 줄 것처럼.

'빙고.'

그리고 오토바이에서 읽어 낸 기억들 중에서 노형진은 한 가지 기억을 찾을 수 있었다.

오토바이를 훔치는 녀석들. 그 녀석들의 기억이었다.

오토바이를 훔친 녀석들은 근처 학교의 고삐리들이었다. 속칭 일진이라고 하는 놈들.

그 이후에 그걸 진짜로 이용한 녀석의 기억을 찾아보려고 했지만, 애석하게도 그 기억은 없었다.

기억은 직접적인 접촉이 없으면 남지 않는다. 만일 그 녀석이 옷과 장갑으로 꼭꼭 싸매고 있었으면 기억이 남지 않을 수밖에 없다.

그러니 그걸 넘긴 사람을 잡아야 했고, 누군지 뻔하게 알고 있는 일진들을 잡아넣는 것은 어려운 것이 아니었다.

"어떻게 안 겁니까?"

"알았다기보다는 찍은 겁니다. 어찌 되었건 100만 원이 넘는 물건입니다. 이런 놈들 아니면 누가 건들려고 하겠습니까?"

"하긴."

무태식은 이해가 간다는 듯 고개를 끄덕거렸다.

일반적인 학생들은 오토바이를 훔칠 생각을 하기는커녕 타는 법도 모른다.

열쇠도 없이 그걸 움직이려면 지식이 있어야 하는데, 그럴 놈들은 이런 놈들뿐일 테니까.

"아프다고! 놓으라고, 씨발!"

경호 팀에게 잡힌 일진들은 짜증스럽게 말했다.

"이놈의 새끼들 보게?"

무태식은 그놈들을 보면서 혀를 끌끌 찼다.

반성이라고는 없는 놈들.

"너희들, 지금 무슨 짓을 했는지 알고나 있어?"

"아, 씨발. 그깟 고물 하나 훔쳤다고 줄줄이 와서 괴롭히네."

"씨발, 그거 몇 푼이나 한다고."

이죽거리는 놈들.

그중 리더로 보이는 놈들이 히죽 웃으면서 말했다.

"야, 암말도 하지 마. 어차피 저 새끼들 짭새도 아니니까 우리가 암말도 안 하면 청소년 보호법 때문에 찍소리도 못 해."

"맞아. 그냥 입 다물고 있자고."

거기까지 들은 무태식은 어이가 없어졌다.

도대체 아이가 어떻게 커야 이런 식으로 굴 수 있는 건지.

"이 새끼들이 미쳤나?"

"얘네가 미친 게 아니라, 요즘 일진이라는 놈들이 다 이래요."

뒤에 있던 손채림이 한숨을 푹 쉬면서 말했다.

"과거의 애들이 아니에요."

순수? 깨끗?

그런 건 이미 시궁창에 처박힌 지 오래다.

인터넷에 보면 어차피 학생이라 처벌받지 않는다는 말이 가득하고, 두어 번 해 본 놈들은 그걸 잘 아니 뻔뻔하게 도리어 목소리를 높인다.

"이놈들을 진짜……!"

무태식은 잔뜩 화가 난 얼굴이었다.

사실 그의 성격대로라면 당장 주먹이 날아가고도 남았을 것이다.

하지만 미성년자를, 보호자도 없는 상황에서 구타하면 일이 커진다.

"아오, 씨발!"

분노를 삼키기 위해서 이를 박박 가는 무태식.

그걸 보고 일진들은 히죽거리면서 빈정거렸다.

"조또 별거 아닌 게."

그들은 아마도 자기들이 세상에서 제일 잘나가고, 무서울 게 없는 존재라고 생각하는 모양이었다.

"저걸 어쩌지?"

훔친 것은 저놈들이 맞다. 하지만 그걸 이용한 건 저놈들이 아니다.

결국 누군가에게 돈을 받고 팔았다는 건데.

"내가 해결하지."

노형진은 씩 웃으면서 그들을 둘러보았다.

"미성년자는 확실히 처벌을 받지 않기는 하지."

노형진은 그들 앞에 서서 그들의 말에 수긍하면서 천천히 말했다.

그 말을 들은 일진들은 이죽거렸다. 자신들이 이겼다고 생각한 것이다.

하지만 자고로 한국말은 끝까지 들어 봐야 하는 법.

"하지만 살인이라면 어떨까?"

"뭐라고요?"

"너희들이 훔친 오토바이를 타고 누군가 사람을 죽였다. 그것도 상당한 권력자의 딸을."

"그게 무슨……?"

"그곳에서 나온 너희들의 지문. 그게 너희들 중 한 명이라는 걸 이야기해 준 거야."

노형진은 슬며시 웃으면서 그들에게 얼굴을 바짝 들이댔다.

"너희들 중 한 명이 상당한 권력자의 딸을 죽였지. 그는 범인을 잡기 위해서 변호사만 쉰 명이 넘게 동원했다. 대검찰청까지 이야기가 들어갔고, 관련 법조인들이 그의 부탁을 받고 기다리고 있지."

찔끔한 놈들은 서로를 바라보았다.

"청소년 보호법으로 지켜 준다고? 알려면 제대로 알아. 청소년 보호법은 처벌하지 않는다는 게 아니라 너희들을 피해로부터 보호해 주는 거야. 너희들의 처벌에 관한 법은 소년법이다. 잘못된 건 청소년 보호법이 아니라 소년법이지. 그리고…….."

노형진은 잠깐 침묵을 지켰다. 그리고 그들을 하나하나 천천히 바라보았다.

"그들의 힘이면 재판을 지연할 수 있지."

"그게 무슨……?"

재판 지연이 무슨 뜻인지 알지 못하는 그들은 어리둥절한 얼굴이었다.

노형진은 그들을 보면서 싱그럽게 미소를 지었다.

"너희는 지금 미성년자야. 저 대장? 짱? 뭐라고 하든 간에, 저 리더의 말대로 소년법에 따르면 제대로 처벌받지는 않겠지."

노형진은 그들의 말을 인정했다.

그리고 더 깊은 나락으로 밀어 넣었다.

"하지만 재판을 지연시킨다면 어떻게 될까? 1심, 2심, 3심……. 장담하는데 4년은 걸릴 거야. 너희들 나이가 어떻게 되지? 열일곱? 열여덟? 길어 봐야 2년 후면 너희는 성인이다. 소년법의 대상이 아니게 되지. 그 2년 동안 재판을 끌면서 너희들의 처벌을 미룰 수 있어. 그리고 너희가 성인이 되면 당당하게 형법의 처벌 대상이 되지."

거기까지 말한 노형진은 천천히 그들을 둘러보았다.

"수십 명이 그 범인을 죽이기 위해서 기다리고 있지. 너희가 성인이 되는 날, 아마도 너희들에게는 사형이 선고될 거야. 여기 있는 누군가는 죽겠지."

"그럴 리 없어!"

"그럴 리 없다고? 확신해? 너희가 영원히 소년법 적용 대상이라고 생각해? 논리적으로 말이 되지 않잖아. 너희가 영원히 소년법 적용 대상이라면, 다른 성인 범죄자들도 한때는 소년이었을 텐데 왜 소년법에 의해 보호받지 못했지?"

현실을 부정하는 듯 서로를 바라보는 일진들.

"이 오토바이는 범인이 쓴 게 맞아. 문제는 너희들의 지문이 여기에서 나왔다는 거야. 그러니까 여기에 있는 놈들 중한 놈이 범인이라는 거다. 자, 과연 범인은 누굴까?"

"그……."

"여기에 있는 놈들을 다 사형시킬 수도 있어. 너희도 그건 싫잖아? 딱 한 명, 한 명만 죽으면 되는 거야. 누구야? 누가 총대를 메고 죽을래? 너냐?"

"나…… 난 아니에요! 진짜예요!"

"너희들이 말한 의리가 이거냐? 만일 이거 경찰서에 가지고 가면 너희들은 다 사형이야. 너희 지문이 있으니까 공범으로 처리되겠지. 억울하지만 어쩌겠어, 너희가 사람을 잘못 건드린 것을."

노형진은 그들을 천천히 바라보았다.

그들은 서로 눈치를 볼 뿐이었다.

'그렇다면…….'

노형진은 그들 중 한 명을 선택할 생각이었다.

일진이라고 해서 다 똑같은 놈들이 아니다. 그들 내부에서도 서열이 나뉜다.

귀족들의 서열이 자작이나 남작이니 백작이니 하는 식으로 나뉘는 것처럼.

'그리고 이 안에는 분명히 시다바리가 한 명 있다.'

일진이 될 깜냥은 되지 않지만 저들을 백으로 두고 일진 노릇을 하는 놈, 그 대신에 그들의 심부름을 하는 놈. 학교에는 그런 놈이 있기 마련이다.

그리고 노형진은 그중에서 이상하게 공포에 떨고 있는 녀석을 발견했다.

"너구나."

"아…… 아니에요!"

"그런데 왜 그렇게 공포에 떠는 거지? 다른 애들하고 다르잖아?"

"아, 아니에요! 진짜예요! 얘들아! 나 아니라고 말해 줘! 제발!"

"그래, 해 봐. 대신에 만일 이놈이 범인이면 그놈이 공범이라는 뜻이 된다. 아마도 같이 사형되겠지."

그들은 서로 바라보다가 입을 꾸욱 다물었다.

그러자 배신당한 녀석은 공포에 질려 울부짖었다.

"이 개새끼들! 너희들이 나한테 이럴 수 있어?"

"후회는 저승에 가서 해."

노형진은 그를 강제로 끌어내려고 했다.

그러자 그가 바닥을 나뒹굴면서 소리를 질렀다.

"나 아니에요! 진짜예요! 난 오토바이도 못 타요! 그냥 시키는 대로 한 거예요! 오토바이 제일 많이 탄 건 내가 아니라 저 새끼라고요!"

그는 한 사람을 가리켰다.

지목당한 놈은 기겁했다.

"나 아니야! 씨발!"

"그래? 그건 경찰에 가서 알아보면 되겠지. 물론 곱게 물어보지는 않겠지만."

"나도 아니에요! 내가 많이 타기는 했지만…… 그건 애들이 많을 때 같이 탄 거고, 혼자서 제일 많이 탄 놈은 저 새끼예요!"

"뭐, 뭐라고?"

처벌을 받지 않을 거라 생각했던 그들은 목숨이 아까워지자 너도나도 외치기 시작했다.

"그래서, 마지막에 탄 건 누구?"

그렇게 캐다 보니 마지막에 도착한 것은 아까부터 입 다물라고 하던 짱이라는 녀석이었다.

"그래. 너라면 그럴 만하지."

짱은 어쩔 줄 몰라 했다.

자신이 마지막에 가지고 있었던 것은 사실이었으니까.

물론 다른 애들이 몰라야 했지만.

"나…… 난 아니야!"

"하지만 아이들이 네가 마지막에 탔다고 증언하는데? 쯧쯧, 사형은 피할 수가 없겠구나."

노형진은 고개를 돌려서 뒤에 서 있는 경호원들에게 신호했다. 그러자 그들은 앞으로 나와서 그를 강제로 끌어내리려고 했다.

"저항할수록 너만 피곤해져. 그냥 편하게 죽어. 너 하나만 죽으면 다른 애들도 편하잖아?"

노형진이 하는 말에, 그는 끌려 나가지 않기 위해서 버티면서도 소리를 꽥꽥 질렀다.

"난 아냐! 난 아니라고!"

그러나 주변에는 이미 그가 마지막에 쓰는 걸 본 사람이 너무나 많았다.

결국 '짱'은 어쩔 수 없이 자신이 지금까지 감추었던 비밀을 말할 수밖에 없었다.

"내가 마지막이 아니야! 난 저거 팔았다고! 진짜야!"

"팔았다고?"

"그래!"

"이런 개새끼!"

자기들끼리 타고 다니던 걸 판다?

사실 훔친 거니까 그럴 수 있다. 하지만 그 이야기를 하지 않았다는 것은, 그 돈을 자기 혼자 먹었다는 소리다.

"누가 그 말을 믿어?"

"진짜야! 내가 팔았다니까! 누구한테 팔았는지 말할게!"

드디어 기다리던 대답이 나오자 노형진의 입가에 미소가 떠올랐다.

다음 권으로 이어집니다

# 200평 초대형 24시 만화방

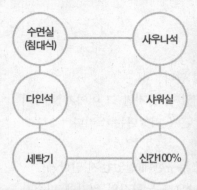

- 수면실 (침대식) — 사우나석
- 다인석 — 샤워실
- 세탁기 — 신간100%

## 📖 수원 인계동점

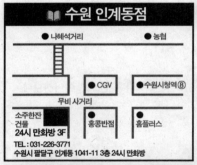

- 나혜석거리
- 농협
- CGV
- 수원시청역 ⑧
- 무비 사거리
- 소주한잔 건물
- 24시 만화방 3F
- 홍콩반점
- 홈플러스

TEL : 031-226-3771
수원시 팔달구 인계동 1041-11 3층 24시 만화방

## 📖 의정부점

- 의정부역 ④ ⑤
- 흥선지하도
- ◀서울방향
- 진성약국
- 던킨도넛츠
- 24시 만화방 3F

TEL : 031-856-3971
경기도 의정부시 의정부동 197-13 3층

## 📖 주안점

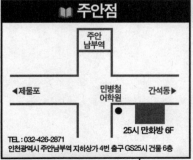

- 주안 남부역
- ◀제물포
- 민병철 어학원
- 간석동▶
- 25시 만화방 6F

TEL : 032-426-2871
인천광역시 주안남부역 지하상가 4번 출구 GS25시 건물 6층

## 📖 안양점

- 안양역
- 육교
- ◀관악역
- 명학역▶
- 농협
- 24시 만화방 2F
- 안양일번가

TEL : 031-466-3771
경기도 안양시 안양동 674-163 조이당구장건물 2층

이해날 현대 판타지 장편소설

# 판사 이한영

『어게인 마이 라이프』『오늘은 출근』의 작가
**이해날**이 선보이는 통쾌한 신작!
이번에는 **법조계의 비리**를 타파한다!

언제나 정의만을 위해 법정에 섰던 판사 이한영
사법부와 아내의 배신으로 독살당한 그가
시대를 위해 과거로 돌아갔다!

배신자들에게 '빅 엿'을 먹이고
사법 정의를 바로 세우기로 결심한 그는
각 분야의 예비 실력자들로 팀을 결성하고
사법부를 향한 저격을 준비하는데……

오로지 정의밖에 모르는 사법부의 이단아
그가 재판정에 설 때 '윗분'들의 판이 뒤집힌다!

양강 현대 판타지 장편소설

# 하루가 두번

『전설이 되는 법』『역대급』양강 신작!

테러 단체에 납치되어 광산 노예로 살아온 제이슨
그에겐 하루를 두 번 사는 능력이 있다!

*세계의 비밀 '카이트'!*

필사의 탈출로 새 인생을 살게 된 그는
자아를 가진 돌, 카이트의 힘마저 손에 넣고
손대는 사업마다 성공을 일구며 승승장구하지만
그 때문에 세계 권력자들과 부딪치게 되는데……!

내일도 오늘!
그에게 실패란 없다!

ROK
MEDIA
로크미디어

# 마운드의 제왕

## 정한담 스포츠 장편소설
ROK SPORTS FANTASY STORY

**혜성처럼 나타난 야구계의 이단아
환상의 제구로 마운드에 우뚝 서다!**

한국 야구계의 전설 최동훈의 피를 물려받았지만
야구선수로서의 능력은 제로였던 최성호

'패전 전문 투수', '물투수' 등
치욕적 별명만 얻은 채 입대를 하게 되고
야구에 대한 꿈을 접으려 할수록 미련은 강해져만 가는데……

그런 그의 눈앞에 나타난 건
어릴 적 받은 야구 카드의 주인공, 새철 트레벌?

더 이상 아버지의 이름을 더럽힐 수는 없다!
스승과의 하드 트레이닝을 통해
마운드의 제왕으로 거듭나라!